口腔内を侵す濡れた異物が椎葉の上顎を這って、歯列を裏側からなぞり上げた。

犬《いぬ》とロマンス

中嶋《なかじま》ジロウ

ILLUSTRATION：麻生《あそう》 海《かい》

犬とロマンス

LYNX ROMANCE

CONTENTS

犬とロマンス

狛犬《こまいぬ》のような男だと思った。

白髪の老人の背後で息を潜めたその男は、呼吸をしているのかも怪しくなるほど微動だにしない。瞬《まばた》きをする隙《すき》を控えるように眼《め》を伏しているが、椎葉《しいは》は向けられていない視線で、常に監視されているように感じた。

椎葉が不穏な行動でもとろうものなら、一瞬で齧《か》みつかれるだろう。

男はまるで石でできた像のようだ。それでいて、指先まで強張《こわば》らせた椎葉よりも俊敏に動くだろうことを想像させる。

彼は落ち着いている。呼吸をするように自然に、椎葉を警戒している。

警戒——というのはおこがましいかも知れない。彼にしてみたら椎葉など、この白髪の老人の足元を濡《ぬ》らす雨雫《あめしずく》ほどの存在なのだろう。

失礼があってはいけない。些細《ささい》な面倒《めんどう》でもかけようものなら容易《たやす》く排除されてしまう。

椎葉は、この状況に後悔の溜息《ためいき》を洩《も》らしたい気持ちに苛《さいな》まれながら、しかし呼吸をすることさえ躊躇《ため》躇《ら》った。

「駅前に事務所を用意してある」

二間を通じて百十畳はあろうかというほど広い和室の上座に胡坐《あぐら》をかいた老人は、顔の皺《しわ》を震わせるようにして嗄《しわが》れた声を発した。

聞き返したつもりの椎葉の声は、乾いた咽喉《のど》から空気としてしか漏れなかった。

「後で若いのに案内させよう」

老人は椎葉の驚きなど意にも介さずに続けた。

和室の障子はすべて開け放たれて、板目張りの廊下の向こうには見事な庭園が広がっている。

椎葉は弁護士バッジを支給されたその足で、迎えに来たスーツ姿の男の車に乗せられてここまでやってきた。見たこともないような大きな門には堂上会《どのうえかい》、という文字と、家紋が刻まれていた。

都内の一等地にこんな大きな敷地を構えていることだけでも信じ難いことだが、自分がそんな大きな組織に囲われること自体、思ってもいないことだった。

司法研修を終えた者は、多くの場合既にある弁護士事務所に籍を入れることが多い。もちろん、すぐに独立する弁護士もいないわけでもないが、まさか自分がこんな形で独立するとは。

自分を雇おうとする相手のことをよくも知らないうちから首を縦に振ったことを、すぐに後悔することになるかもしれない。

しかも、その時後悔したからといってもう遅い。今、既に。

椎葉は今一度、老人の背後に控えた男の顔を窺《うかが》い見た。

男もまた視線を上げ、椎葉を見ていた。

ぞっとした。まるで鈍い刃《やいば》のような眼差《まなざ》しだった。

見なければ良かった、と椎葉が鼻の上の眼鏡《めがね》を直すふりをして視線を伏せると、不意に老人がくぐもった声を漏らして笑った。

「何、気に喰《く》わなければ自由にしろ」

それは、事務所のことだろうか。それとも、雇用関係全般に言えることか。

曖昧《あいまい》な老人の言葉尻《じり》は、どうもあえて主語を押し隠しているように聞こえた。

迷惑さえかけなければ危害は加えないとも聞こえるし、しかし老人の期待に応《こた》えることができなければ後は知ったことではないとも聞こえる。仮に、彼の部下が椎葉を闇《やみ》に葬り去ったとしても。

「茅島《かやしま》」

ものを言わず——妙な気迫に圧《お》されて何も言うことができない椎葉に飽きたように、老人は胡坐の上の体を揺らして、背後の男を振り返った。

はい、と短い声が響く。

まるで王に仕える騎士のように紳士的で、父を慕う息子のように従順だ。

椎葉は生まれて初めて暴力団員の絶対的な縦関係というものを目の当たりにして、首を捻《ひね》った。

自分はこの中にいて、どの立場になるのかわからない。

一家に組み込まれたわけではない。椎葉はあくまでも外注の法律アドバイザーという立場であり、取引先だ。目の前にいる老人は堂上会という「会社」の社長であり、茅島と呼ばれた男はその部下に過ぎない。

ただ、今まで感じたことがなかった緊張を肌で感じている。それだけだ。

老人は茅島に車を回せ、とだけ伝えると傍らの杖《つえ》を取って座布団の上を立ち上がった。杖を手にはしているが、意外に健脚そうに見えた。立ち上がる時にふらつきもしないし、畳の上を出て行く姿もしっかりとしている。

椎葉は慣れない正座に足先が痺《しび》れているのを感じながら、黙って頭を下げた。

「先生、」

老人の退室に伏した頭を上げると、茅島は立ち上がっていた。貧弱な椎葉を醒《さ》めた表情で見下ろしている。

茅島と二人きりになると、その体躯《たいく》は大きく感じた。

茅島が腰を上げたせいかもしれない。あるいは、筋力こそ衰えてはいても胆力の大きさを感じさせる老人がいなくなったことで、茅島の圧力を直接感じるようになったからか。

茅島はスーツに包んだ分厚い体を翻すと、椎葉を今にも顎先《あごさき》で促すのではないかと思うほどぶっきらぼうな態度で背を向けた。

「ご用意した事務所までお送りします」

低く、唸《うな》るような声だ。椎葉の存在を面白《おもしろ》く思ってはいないのかもしれない。

暴力団構成員からしてみれば法曹界の人間など、公僕にも近い存在だ。だからこそそれを手の内に置いておきたいのだろうが、邸に呼んでみればこんな若造で、茅島にしてみたら信用できたものではないのだろう。

もちろん、椎葉にとってそんなことは知ったことではない。

実戦経験もない、弁護士になったばかりの椎葉に声をかけてきたのは堂上会の方だ。在学中にストレートで司法試験を突破した椎葉を雇いたいという大手弁護士事務所は他にもあった。椎葉にとっては別に、堂上会でなくても良かったのだ。

ただ、こっちを選んだのは高額な報酬を約束されているという理由だけだった。

あるいは、——警察官だった父に対する反発心もあったのかもしれない。

椎葉が暴力団の顧問弁護士になったなどと知ったら、墓の下の父はどんな顔をするだろうか。何度思い返してみても、寡黙な父が表情を変える様子を想像できない。

暴力団の弁護をするとなれば、犯罪の加担もしなければいけないだろう。それは覚悟の上だ。弁護士は正義の味方ではない。依頼者に有益をもたらす、法律という武器を手にしている者、それだけだ。

椎葉がそうと割り切っているから堂上会の人間の目にも止まったのかもしれない。

それならば、堂上会の人間から無碍《むげ》にされる筋合いはない。

椎葉は茅島の態度に人知れず眉《まゆ》を顰《ひそ》めながら、畳の上から腰を上げた。

「――っ、……！」

瞬間、雲の上に立ったような錯覚を覚えて、椎葉は慌てて畳に手を伸ばした。

足先の感覚がない。

正座なんてもう十数年もしていなかったのに、急に何十分も強いられたのだから当たり前だ。さっきまでは緊張で気にもならなかったが、まるで足の裏が風船のように膨らんでいるようで、まともに立っていられない。

椎葉は、廊下に出た茅島の背中を見遣《みや》った。こんなみっともない姿を悟られたくない。

足の甲を拳《こぶし》で軽く叩《たた》きながら、ゆっくりと立ち上がる。やがてじわじわと感覚が戻ってきたかと思うと、それは猛烈な痺れとなって椎葉の全身を内側からざわめかせた。

「……、」

思わず顔を顰《しか》めたくなる。

庭園を眺めながら椎葉を待っていた茅島が、いつまでたっても部屋から出ようとしない椎葉を振り返った。

いや、暢気《のんき》に庭を眺めていたところを見ると椎葉がこうなることはわかっていたのかもしれない。振り向いた茅島は、椎葉を嘲笑《あざわら》っていたように見えた。

会長は「気に喰わなければ自由にしろ」などと言ったが、車で乗り付けたビルの窓には既に椎葉法律事務所の看板が掲げられていた。

これを気に喰わないからなどと拒んだら、少なくともこの看板代だけは無駄になってしまう。

場所は乗り入れのいい駅から徒歩五分とかからない立地で、大通りに面した一等地だ。

外壁はまだ排気ガスに煤《すす》けてなく、車を持たない椎葉を迎えるには不釣合いな三階建て。一階は駐車場で、二階に法律事務所の看板がかかっている。

「三階は自由にお使いください」

吐き捨てるように言った茅島の声を訝《いぶか》しく思いながら椎葉が階段を上がると、そこには既に家具が用意されていた。

モデルルームかと思うほどの調度品が整っている。階段の中ほどから椎葉の背中を見上げた茅島が言うことには、今夜からここで過ごす事ができるという。

椎葉は、足元から震えが上がってくるのを感じた。

破格の待遇というのにも程がある。

これだけの期待に自分が応えられなければ、それなりの責任を負わされるのだろう。あるいは自分がまだ何を期待されているのかもわからないのに、お膳《ぜん》立てばかり揃《そろ》えられてしまった。

「事務員は当面、こちらで用意します。希望があれば伺いましょう」

椎葉が充分に気圧されているのを察したのか、茅島が階段を下りていく足音が聞こえた。

階下の事務所も、すぐに業務が始められるよう事務机と応接セット、六法全書から判例集に、あらゆるオフィス用品が揃えられていた。それは、筆記具の一本に至るまで。

今まで堂上会と懇意にしていた弁護士が、今どうしているのか椎葉は知らない。

もしかしたらそこで使われていたものをそっくり流用しているのかもしれないと思うほど完璧《かんぺき》に用意されているが、どれもまだ新品の香りが漂っている。

椎葉は、淡いクリーム色の調度品で揃えられた新居にふるり、と首をひとつ振ると気を取り直した。

彼らは確かに、経験のない自分を雇うという奇特な組織だ。

しかし、懐柔されるわけにはいかない。

立場はあくまで対等であるべきだし、これが報酬の一部に過ぎないというのなら、それは椎葉が願ったことだ。

暴力団の顧問弁護士になることなど、利害の一致以外に理由などないのだから。

「ご用意いただくというのは、組の方を一人雇うようになるということですか？」

今まで暮らしていたアパートを解約してこなければならない、と覚悟を決めて椎葉は二階へと降りた。

茅島は真新しい応接セットのソファに腰を下ろし、足を組んでいた。

「まさか」

そう答えた茅島は、また椎葉を見下すような笑みを浮かべている。

まだこの世界のこともわからなければ、弁護士としての足元も覚束《おぼつか》ない椎葉など、この男にしてみれば本を読むことを覚えただけに過ぎない子供のようなものなのだろう。

しかし、その本はただの本じゃない。六法全書を読むだけならば、確かに茅島にだってできるかもしれないが、その利用方法については椎葉のほうが少しはわかっているつもりだ。

自分はそのために呼ばれたのだ。

椎葉は、まるで自分がこの部屋の主《あるじ》であるかのようにソファで寛《くつろ》ぐ茅島の前に立つと、できる限り背筋を伸ばして胸を張った。

「茅島さんが手配してくださるんですか？　――でしたら、礼儀を弁《わきま》えた従業員をお願いします」

たとえ堂上会が用意したものであっても、自分の名前が冠された事務所と名付けられた以上、ここは自分の城だ。勝手に寛がれては困る。

椎葉が茅島の前に立ち塞《ふさ》がるようにしてその不遜《ふそん》な顔を見下ろすと、茅島は笑みをなくして椎葉の顔を見上げた。

鈍い光を宿した眸《ひとみ》が、値踏みするように椎葉を射抜く。

椎葉の視界を守る眼鏡の弦が、ビリと震えるような気さえする、迫力のある視線。

椎葉は、呼吸を詰めて茅島のその目を見下ろした。

まるで、獰猛《どうもう》な犬の目だ。自分より弱い獲物の肉を食《は》んで生きてきた、生臭い息がこちらまで漂ってくるようだった。

勝とうとは思わない。

茅島は堂上会長の犬なのだから、椎葉が躾《しつ》ける必要はない。しかし、舐《な》められるわけにはいかない。

椎葉はソファの上の茅島を見下ろして、茅島の返事を待った。先に口を開けば負けだ。

対峙した時間は、椎葉には一時間にも、二時間にも感じられた。

中学受験から今まで、ずっと目の前の試験のために机に齧り付いてきただけの人生だ。こんな風に

暴力団の人間と顔をつき合わせて胆《きも》を競うことなど、考えたこともなかった。腕力に訴える人間に盾突こうなんて、思ったこともない。

だけど今は違う。自分には彼とは違う武器がある。

立派に渡り合うことができるはずだ――少なくとも、堂上会とは雇用関係にあるのだから。

椎葉は自分を奮い立たせるように何度も心の中でそう唱えながら、茅島の鋭い視線に耐えた。

先に根を上げたのは、茅島の方だった。

当然だ。椎葉には、根を上げる選択肢は用意されていなかったのだから。

「わかりました」

視線を外した茅島は、前髪を上げた額を掌《てのひら》で覆うように顔を伏せながらソファを立ち上がると、肩を揺らして笑っていた。

さっきまでの、人を小馬鹿《こばか》にしたような笑みとは違う。どちらかと言えば椎葉の態度に呆《あき》れたようだった。

「礼節を弁えた人間を探しましょう。――それから、私も先生には敬意を払ったほうが良さそうだ」

失礼しました、と詫《わ》びた茅島は大きな体を直角に折って深々と頭を下げた。

本来ならばこんな優男に頭を下げることなどしない男なんだろう。少なくとも椎葉にはそう見えた。

椎葉は僅《わず》かに面食らいながらも、それを茅島に悟られないように肩で深く息を吐《つ》いた。背中がじっとりと汗ばんでいたのを、初めて自覚した。

　翌朝、事務所の物音に目を覚まして階段を駆け下りると一人の青年が訪ねてきていた。

　体つきは細く、ラフなシャツに細身のスラックスを着けている。どう見ても暴力団関係者には見えない。

　まさか、表の看板を見て飛び込んできた依頼者というわけではないだろう。

　これも用意されていた寝間着を着けたまま呆然《ぼうぜん》と立ち尽くした椎葉を見ると、青年は新品のデスクを拭《ふ》いていた手を止めて背筋を伸ばした。

「おはようございます、所長」

　青年は言った。

　所長、と口の中で反芻《はんすう》する。

　真新しいコットンの匂《にお》いがするベッドは上質なものだったのだろう、椎葉は突然用意された新しい環境で思いのほかよく眠ってしまっていたようだ。まだうまく頭が働かない。

「今日からお世話になります、安里《あさと》と申します。茅島さんの紹介で上がりました」

　安里と名乗った青年は、椎葉と同じか、やや年下に見えた。しかし溌剌《はつらつ》とした印象はなく、心ここにあらずとも思えるほど平坦な口調だった。

　――茅島。

　椎葉は昨日対峙した男の顔を思い返すと、急に叩き起こされたように目を覚まして背筋を伸ばした。

　これも、堂上会から用意された「備品」のうちのひとつか。

「大変失礼ながら、法律関係の仕事に就いたことはありません。ご面倒をおかけすることもあるかもと思いますが、ご指導のほど、よろしくお願いいたします」

用意された台本を読み上げるかのような安里の硬い声に、椎葉は思わず笑い出しそうになってしまった。

椎葉の要求通り、「礼儀を弁えた」人間を用意したということか。

確かに、充分だと言える。椎葉は口元を掌で押さえて僅かに天を仰ぐと、笑いを堪《こら》えるように息を吐いた。

「こちらこそ、よろしく。私は法律の勉強はしてきたけれど暴力団のことはよくわからない。お互いに補い合えれば良いと思うよ」

安里が暴力団構成員じゃないことは、茅島が昨日言っていた通りだろう。しかし、紹介で遣わされる程度には関係があるのに違いないようだった。椎葉の言葉に、安里は肯《うなず》きもしない代わり、否定もしなかった。

椎葉は駆け下りてきた階段を離れて安里に握手を求めようと足を踏み出しかけて——止《や》めた。まだ寝間着のままだ。

折り目が残った服の襟元を摘《つま》みあげて椎葉は首を竦《すく》めて見せた。安里はそれに笑うでもなく、無表情のまま事務所の掃除に戻ってしまった。馴《な》れ合う気はないらしい。

「先に着替えてくるよ。それから、契約書を作成するから待っていて」

椎葉が三階の自室に踵《きびす》を返しながらそう言い残すと、はい、と短い返事が返ってくる。

あの茅島のことだ、もしかしたら椎葉を見定めるつもりで安里を送りつけてきたと憶測することも出来る。

だが、それも仕方のないことだ。彼らからしてみれば椎葉はまだ得体の知れない部外者でしかない。自分たちのアキレス腱《けん》を握るような仕事を任せられるような弁護士かどうか、様子を見られるのは当然だろう。

椎葉は階段を上がりながら、腹を決めていた。

少なくとも茅島は、悪い男ではない。こちらが相応の態度で臨めば頭を下げることの出来る男だ。椎葉が面白くない存在だからといって妙な難癖をつけてくるような真似《まね》をしそうには見えない。

それならば、話は簡単だ。

自分は自分に課せられた職務を全うすればいい。

「こちらが新しい顧問弁護士の椎葉譲《ゆずる》先生です」

先日通された和室に、今度は椎葉が上座となって坐《ざ》していた。

目の前に広がるのは堂上会直参幹部の面々だった。

いわゆる、顔合わせというやつだ。組長という肩書きのついた顔ぶれは、どれも椎葉を静かに眺めている。

腹の中で何を考えているかはわからないが、椎葉の傍らで微動だにしない会長を見習って、誰も指先ひとつ動かそうとしていない。

見るからに強面のがっしりとした男もいれば、一見して暴力団関係者とはわからないような中年の顔もある。

しかしどれも腕に覚えのある者なのだろう、広い和室にこれだけの屈強な男たちが集まると壮観と言うほかない。

この和室に入った瞬間こそ椎葉は緊張感で息が詰まりそうになったが、ものの数分で感覚が麻痺《まひ》してしまった。

椎葉が下手に口を滑らせてしまうことなどあれば問題だが、そうでもない限り、彼らが椎葉に危害を与えて得をすることはない。もちろん、椎葉の尊厳を守る必要もないが。

椎葉は、今日は傍らにいる堂上会長の横顔を盗み見ると畳の上で揃えた膝《ひざ》へ力を籠《こ》めた。

これだけの男たちを束ねているこの老人が一番怖いことに変わりはない。

「先生、一人ずつご紹介差し上げましょう。最初に私ですが、堂上会代表幹部四代目松佳一家《まつかいっか》総長を勤めさせていただいております、能城《のしろ》と申します」

椎葉の傍らで、この部屋にただ一人立ち上がっている男が椎葉の顔を覗《のぞ》き込むように腰を屈《かが》めた。

面長の、眦《まなじり》が釣り上がった顔をしている。どこか日本以外のアジア系かと思わせる顔立ちだが、本名を尋ねることなどできない。いずれ書類上で知ることもあるだろう。

能城は視線を動かすことがやっとという椎葉に端から幹部役員の名前を読み上げると、椎葉の倍は生き、修羅場も臭い飯も体験してきたのだろう男たちが次々に恭しく頭を下げた。

これは何も、椎葉に礼儀を通しているわけではない。

椎葉の傍らで黙ったままの堂上会長がいるから、無作法を働かないだけのことだ。

そうでなければ、椎葉のような人間に彼らが頭を下げる義理はない。茅島がそうしたように、鼻先であしらわれればマシなほうだ。

その茅島は、と椎葉が室内に視線をさまよわせると、驚くほど末席にその姿があった。部屋の一番後ろ、襖《ふすま》に背中を這《は》わせるようにして座っている。

確かに茅島はこの中にしては若い方に見えるが、まさかそんな後ろに控えるほどだとは思わなかった。中には茅島よりもっと前、中央ほどの位置に、組長とは到底思えないほど若い顔も見えるというのに。

椎葉は能城の読み上げる名前と顔を気に留めながらも、末席で背筋を伸ばしている茅島を二度、三度と窺い見た。

幹部衆の中にいてその表情は精悍《せいかん》で、以前見たような獰猛さはなりを潜めているように見える。しかし、腹の中で何を考えているかはわからない。彼が下座で大人しくしていることに甘んじるような男ではないような気がした。

彼の何を知っているわけでもないのに。ただ、僅かに言葉を交わしただけに過ぎない。椎葉が茅島に案内されたのも、茅島が相応の地位に就いている人間じゃなかったからこそなのかもしれない。

それでも、この右も左も、誰も知る顔のない広い部屋の中で、椎葉は茅島だけは顔見知りという気がして勝手な安堵《あんど》感を覚えた。

能城が読み上げた名前の中に、茅島の名前はなかった。

茅島は能城の手の中のリストにはない、その他大勢、という立場なのか。どうにも違和感が残る。この世界にはこの世界の、年功序列や実力主義があるのだろうけれど。

「先生には今後、定例会に参加していただき法律アドバイザーとして助言を賜りたいと思います。各自、シノギに関する相談や逮捕、起訴、釈放についての報告は先生を通し——……」

能城のまくしたてるような説明はまだ続いている。

椎葉は、また足が痺れてくるのを危惧《きぐ》していた。あれ以来、新しくなった自宅でも正座に慣れるよう心がけているものの、やはり日常生活に根ざしていないと長時間の正座は厳しい。

しかし、上体をぴくりと震わせるのも憚《はばか》られるような空気だ。能城の声は司法研修所の教官以上に退屈な口調で延々と続き、終わる気配もない。

椎葉の緊張の糸も途切れてきた。

その時、足先の痺れを気にした椎葉に茅島の視線が向いたような気がした。

気のせいだったかも知れない。

誰にも悟られないように尻の下に敷いた爪先《つまさき》に触れた椎葉を、茅島が見ている。

「――、っ」

いや、気のせいではない。

確認するように茅島を見遣った椎葉の顔を見た茅島が――末席なのを良いことに――笑っている。

小さく咳払《せきばら》いをする風を装って口元に手をあてがってはいるが。

椎葉はばつの悪い思いを齧み殺すと、背筋を伸ばして、足先に触れるのを止めた。


能城の話はその後、解散を言い伝えられるまで二十分の間絶え間なく続いた。

最後に会長が一言挨拶《あいさつ》をすると、一同は深く頭を下げた後それぞれに腰を上げた。さっきまでの静寂はどこへやら、あちらこちらに野太い声の雑談が始まり、賑《にぎ》やかになる。

ずっと喋《しゃべ》り通しだった能城が、畳の上を立ち上がれずにいる椎葉を気遣うようにようやく腰を下ろした。

「お疲れ様でした」

妙な芳香のする男だ。香水でもつけているのかもしれないが、あまり心地良い香りとは思えない。

「事務所は気に入っていただけましたか」

能城は、肌にぴったりと合った濃色のスーツを着けていた。気楽に胡坐をかいている。

椎葉は膝を崩すこともできずに、曖昧に肯いた。

「あのビルは、……能城さんが？」

そう思わせる言い草に椎葉が尋ねると、能城は妙に甲高い声を上げて笑った。そこかしこで始まっている談笑を切り裂くような笑い方だった。こういう笑い方をする人間を知っている。どこの社会にも必ず一人はいるような、目立ちたがりの人間だ。能城がそうとは言い切れないが。

「いやいや、用意されたのは会長ですよ。もっとも、あの駅前の土地がいいんじゃないかと助言はさせてもらいましたがね」

糸のように細くなる目を吊《つ》り上げながら、能城は結局のところ自分の気遣いであの事務所が建ったのだと思わせたいようだった。

建設会社は自分がいつも口を利いている得意先だとか、家具はどこのものだとか。能城は一度語り始めると長くなる性質《たち》のようだ。

椎葉は礼を言うべきかどうか迷いながら、もう一度背後の爪先に触れてみた。指先に靴下の感触はあるが、足の爪先には触れられている感覚がない。

これでは、すぐに立ち上がることはできなさそうだ。かといって、能城の話を聞きながら足を崩すわけにもいかない。

能城はこの大きな堂上会の中でも会長の次席を担う地位の男なのだ。椎葉は足の痺れをぐっと堪えて、視線を伏せた。できれば一分でも早く能城の話が終わるように。

「そうだ、先生の事務所まで車を向かわせましょう」

椎葉の祈りが届いたのか、あるいは和室に散らばっていた面々が相当に目減りしてきたことに能城もようやく気付いたのか。不意に手を打った能城の言葉に、椎葉は助かったとばかり顔を上げた。

「今うちの若い衆で目を掛けてるのがいるんですよ。これがまた変わった男で、台湾帰りの無頼派でしてね……」

運転係りを呼びつけようと携帯電話を手にした能城は、また話を始めた。

はぁ、と椎葉も思わず気のない返事を洩らしてしまったが、能城は気にも留めないようだ。相手の相槌《あいづち》よりも自分が話すことに夢中になっている。

もう、この畳の上に膝をついてから二時間になるだろうか。

立派な座布団の上だと言っても、膝まで痛んでくる。

洋式の生活に慣れ親しんだ椎葉にとっては、まるで苦行だ。

すっかり人気もなくなった和室に視線を流した時、そこに若い男と立ち話をしている茅島の姿が映った。

茅島の正面にいる男は髪を明るく脱色していて、小柄で華奢《きゃしゃ》だ。とても暴力団関係者には見えない。街で洋服でも売ってそうな男だ。

だけどこの邸《やしき》にいるのだから暴力団の構成員だろうし、ましてこの広間で茅島と睦《むつ》まじそうに話しているところを見ると下っ端というはずはない。

どこかの組長の息子か何かが紛れ込んだのか、あるいは世襲でもしたのだろうか。

椎葉が無意識に観察するような視線を向けていると、茅島もこちらを窺うように見た。

「！」

慌てて目を逸《そ》らしてしまった。自分でも、どうして逸らしたのかはわからない。

「それでね、先生。その男が帰ってきた時には辺りは血の海だって言うんですよ――……」

能城は椎葉にはとても笑えないような、しかも他人の武勇伝を延々とまくし立てている。

視線を伏せた椎葉が聞いているふりをすることすらやめてしまっても、それは止まる気配がない。

茅島が男に何か低く告げた。ふとそれを見上げると、茅島がこちらに向かってくるところだった。

「先生」

若い男に背を向けた茅島が、能城の話を遮るように声を投げてきた。

正直、どこかほっとした。

茅島の声に阻まれた能城は口を噤《つぐ》むと、椎葉の視線の先の茅島にようやく気付いたようだった。

「ああ、そうだ車を」

我に返ったような能城は手にしていた携帯を開いて、短縮番号を押し始めた。今車を呼んでも、運転係りの男が到着するまで能城はまた話し始めるのだろう。

「能城さん、私の車を既に待たせてあります」

お手を煩わせるまでもない、と言うように茅島は口を挟むと椎葉に腕を伸ばした。

一瞬、その手が差し伸ばされたことの意味を計りかねた。

「先生、どうぞ」

茅島が椎葉を促すように、掌を上下に揺らす。

そうだ、茅島は気付いている。椎葉がまともに立ち上がれないことを。おそらく、この部屋の中でただ一人。

椎葉は逡巡《しゅんじゅん》した。

茅島の手を借りて立ち上がることは容易だ。しかし、あまりにもみっともない。

「先日フェラーリを購入したんでね、先生に乗り心地を」

能城は茅島の申し出を気にも留めてないように続けた。能城にしてみれば、茅島のような男は小者に過ぎないのかもしれない。しかし。

椎葉は広い和室を見渡すと、もうほとんど人影がないことに気付いた。

それぞれ迎えに来させた車に乗り込んで、邸を後にしているのだろう。ここに残っているのは足を痺れさせた椎葉と能城、茅島くらいしかいない。

まさか、茅島がこの頃合《ころあい》を見計らっていたというのは考えすぎか。

椎葉に少しでも恥をかかせないために。

「……すみません」

椎葉は能城に聞こえないよう小さく詫びると、茅島の逞《たくま》しい腕に手を伸ばした。

軋《きし》むように感じる膝を伸ばし、足首が伸びているのか曲がっているのかもわからないまま腰を上げる。能城が、立ち上がった椎葉を見上げたがそれを気にしている余裕はなかった。ともすれば不安定な足首を挫《くじ》いて転んでしまうかもしれない。

座布団の上の足を気にしながら恐る恐る身を起こした椎葉を、腕を掴《つか》んだ茅島がぐいと引き上げた。

「っ、！」

思わずそのスーツの上に倒れこみそうになる。上体を捻って何とかそれを圧《お》し留《とど》まると、椎葉は――傍目《はため》には――自然に立ち上がることができた。

足の裏からじわじわと、これから来る猛烈な痺れの予兆が這い上がってくる。まだとても一人では立っていられない。椎葉は不本意ながら、茅島の腕をきつく握りなおした。茅島のざらついた掌はひどく熱い。まるで熱でもあるのかと思うほどだ。

「若頭、失礼します」

細い瞳《ひとみ》を面白くなさそうに翳《かげ》らせた能城に向かって茅島は小さく頭を下げると、椎葉の手を引いて歩き出す。長く和室に留まらないで済むように、すぐ近くの障子を目指して。

椎葉は慌てて能城に頭を下げると覚束ない足取りを悟られないよう、茅島の歩調に合わせた。

茅島の腕に引かれたまま邸の外に出ると、茅島の車は確かに門の前に止まっていた。

茅島の部下の男なのだろう、細身の青年が運転席の前に立ち、茅島と椎葉の姿を見るなり頭を下げた。

「お疲れ様です」

静かな声だった。

背中に垂れる長い髪を後ろでひとつに括《くく》った男は、淡い色のスーツを着ている。どこかの百貨店の外商部と言われても肯けるほど、柔和な顔立ちで微笑《ほほえ》んでいた。

「茅島の下で若頭を勤めております、柳沼《やぎぬま》と申します。顧問弁護士の椎葉先生ですね」

彼のどこをどうしたら暴力団の——しかも若頭だなどと見えるのか、あっけにとられた椎葉に微笑を深くすると、柳沼は運転席からするりと回りこんで後部座席のドアーを開いた。

ドアーにかかった指先まで傷ひとつ見受けられない。

それでも茅島の下で働くからには、その細腕を補って余りある聡《さと》さ——たとえば稼ぎの能力に長《た》けているというような——長所に恵まれているのだろう。

椎葉が柳沼の顔を再度見上げると、確かに理知的な相貌《そうぼう》をしているように見える。彼が司法研修生の中にいれば、目立つこともなかっただろう。

さっきまで威圧的な幹部衆たちに囲まれてたおかげで強張っていた肩を、柳沼の柔らかい空気に緩ませた椎葉は会釈を返した。

「椎葉譲と申します。何かと経験不足ではありますが、お困りのことがあればご相談ください」

そう答えて名刺を取り出そうとした時、椎葉は茅島がまだ腕を取っていることに気付いた。

驚いて、腕を揺らす。

腫《は》れ上がったような錯覚を覚える足はまだ、断続的に電流を流されているように痺れている。しかし、地に足をついた感覚はもう戻ってきている。

椎葉は抑えた声で茅島に礼を言うと、腕を引いた。

「茅島さん、ずいぶんと親切ですね」

その様子に気付いた柳沼が、肩をそよがせて小さく笑った。その砕けた様子に椎葉は目を瞠《みは》った。
小さいとは言え、組の総長を勤める人間と若頭の間にはもっと厳密な隔たりがあるのかと思ってい
た。現に、あの能城といえども今日の定例中に会長を笑うようなことは一度たりともなかった。その
名前を口に出すだけでも傍らの椎葉に緊張が伝わるような畏《おそ》れがあったように感じた。
しかし、柳沼に笑われた茅島は小さく鼻を鳴らして手の甲を振ると、椎葉の横を離れて運転席へ向
かってしまった。軽口の許される間柄だという証拠なのだろう。
「柳沼、お前はタクシーで戻れ」
運転席へ身を滑り込ませた茅島はそう言い残すと、さっさとエンジンを吹かして今にも発車したが
っている。
椎葉は、思わず柳沼と視線を合わせた。
柳沼も驚いたように目を瞬かせていた。人間味のある、懐こい表情に見えた。
「……それでは先生、また今度ゆっくり」
やがて呆れたように小さく息をついた柳沼に促されると、椎葉は気負いなく車に乗り込むことがで
きた。
柳沼となら、落ち着いて話をすることもできそうだ。
安里といい柳沼といい、茅島は不思議とその身に似つかわしくない人脈を持っている。それも、彼
が悪い男ではない証拠のように思えた。

堂上会は四十組あまりの直系団体と、そこから連なる二次団体、三次団体あわせて数百の関連組織を持つ暴力団だ。

地域こそ関東近県にまとまっているものの、だからこそ血筋の濃い団体だといわれている。

椎葉は堂上会からもらい受けた組織資料と、堂上会の歴史が書かれた冊子をめくりながら溜息を吐いていた。

まさか自分が、弁護士として勤めるようになって早々に暴力団組織の名前を一から覚えるはめになるとは思ってもいなかった。

もし堂上会に誘われることなくどこかの弁護士事務所に入所していたとしても、いずれは暴力団関係の案件に携わることはあったかもしれない。

だけどそれはあったとしても数年先の話だっただろうし、今椎葉がこうして名鑑を眺めるほど真剣になる必要もなかっただろう。

まずは直系団体の名称と組長、若頭の顔と名前を覚える。それから主なシノギを知り、過去に他の団体とどんな諍《いさか》いがあったかを覚えておく必要がある。

毎月堂上会の邸で開かれる定例会では各組織からの上納金の集金とともに、法律相談も行われるという。

希望者がいれば椎葉は定例会に顔を出さなければならないし、その時にいちいち相談者がどこの組の人間で、どんな方法で稼ぎを得ているかということを調べるわけにはいかないのだ。

とはいえ、一度に覚えきれるものでもない。

勉強において暗記をするのは不得意なほうではなかったが、今まで見てきたことも触れてきたこともない世界の話だ。そもそも、想像ができない。

金融や飲食、不動産業で生計を立てているというのならまだわかる。しかし中には詐欺としか思えない方法で収入を得ている団体もある。

こんなことは即刻やめるべきだ、などと言える立場ではない。

むしろそれをいかに法律に触れないように誤魔化《ごまか》すか、ということを考えなければならないのが椎葉の仕事だ。

そういう仕事に就いたのだ。

椎葉は人知れず小さく溜息を吐いて、分厚い名鑑をめくった。

強面の並ぶ白黒写真の中に茅島の顔があって、思わず椎葉は視線を落とした。

堂上会直系組織、茅英《ちえい》組初代組長、茅島大征《ひろまさ》。

堂上会長の舎弟とあるが自分の組を構えたのは五年程前のことで、主なシノギは飲食店経営とある。構成員は準構成員を含めても百人に満たない。

写真の中の茅島は紋付を着て毅然《きぜん》とカメラを向いていて、まるで映画に出てくる俳優のようにも見える。骨太で、腕っぷしは強そうに見えるのに他の構成員のように鼻の骨が曲がっていたり片方の耳が潰《つぶ》れていたりということがない。

顔の造作がずば抜けて美しいというわけでもないのに、目を惹《ひ》きつけられるような妙な引力のある男だ。

「先生、お待たせしました」

「！」

気付くと食い入るように写真を眺めていたようだ。突然、当の茅島の声がして、椎葉は思わず声を漏らしそうになった。

障子に大きな影が映っている。

今日は、この名鑑と資料をもらい受けるために堂上会の邸に呼ばれていた。次の定例会まであと半月もない。それまでに覚えておけとでも言うかのように会長から直々に手渡された資料は、椎葉の心を重くさせていた。

「失礼します」

庭園に面した廊下に膝をついて障子を開けた茅島は、ともすれば慇懃《いんぎん》無礼《ぶれい》なほど律儀に頭《こうべ》を垂れていた。

「表に車を回しました。事務所までお送りいたします。……ご準備はお済みですか」

障子に手をかけたままの茅島が顔を上げる。どうもそれが笑われているように感じて、椎葉はぐっと言葉を詰まらせた。

「――……今日は、大丈夫です」

定時を過ぎ、事務員の安里を帰してから訪ねた堂上会では会長の生活の邪魔にならないよう、できるだけ手短に用件を済ませたつもりだ。

電車で帰るという椎葉を会長は少し待っていろと応接間に一人取り残したが、それも十数分前のことだ。

今日はまだ、足が痺れるほどじゃない。

無意識に拗《す》ねたような声を漏らした椎葉に、茅島が顔を伏せた。笑ってるんだろう。何故《なぜ》だかそれが、癇《かん》に障らない。

初めて対峙した時は息が詰まるほど威圧感のある男だと感じたのに、今は堂上会の中で唯一見知った顔だという安心感さえ覚える。

能城だって堂上会長だって知った顔であることに違いないのに、茅島はどこかそれとは違う。どうしてそう感じるのかはわからない。

気安く話をしてくれて、表情がころころと変わるのはどちらかといえば能城のほうだ。茅島と世間話をしたことはないし、むしろ初対面から礼儀を弁えろなどと啖呵《たんか》を切ってしまったばつの悪さはまだ残っている。

茅島は気の利く男だ。

椎葉の足の痺れをそれとなく察してくれたことも、安里のような男を用意してくれたことも、自分の功績をひけらかすでもなく淡々と気を回してくれる。そういうところが居心地の良さを覚えるのかもしれない。

「ああ、今日は金曜でしたね」

茅島の車に乗り込んで間もなく、大通りに出ると繁華街はたくさんの人間で溢《あふ》れていた。

くたびれたスーツ姿で足元をふらつかせている自分とさほど変わらない年齢のサラリーマンを見ていると、椎葉は独り言のように呟《つぶや》いてしまった。

運転席の茅島が、バックミラー越しにこちらを一瞥《いちべつ》する。

椎葉は思わず漏れてしまった声を抑えて口を噤むと、シートに座りなおした。

酒が飲めるようになって五年も経《た》つが、あんなふうに飲んだくれたことはない。

司法研修中はそれどころではなかったし、あるいは弁護士事務所に所属していれば同僚と飲みに行くこともあったのだろうか。今日はこれから帰宅しても名鑑と首っ引きだし、土日もそうなることだろう。

どこかの事務所に勤務していたとしても、新人の弁護士なんてみんなそんなものかもしれない。

「先生は、自炊されていますか」

前方の赤信号に車が減速すると同時に思いがけず運転席から声をかけられて、椎葉は目を瞬かせた。

自分に向けられた言葉だということがわからず、一瞬返答が遅れた。

「え、……ええ、一応」

まだ何の働きもない椎葉に、身分不相応の謝礼金は堂上会から振り込まれている。

しかしあまり手を付ける気にはなれなかった。立場に不満があるわけでもないが、金に困っているわけでもない。ただビルの三階に用意された私室のキッチンは充実していたし、椎葉は大学進学のために上京して以来自炊に慣れていたからだ。

「私はどうにも料理の才能がないようで」

茅島の運転は荒いところがなく、停車する時も衝撃がなく静かだ。そのせいで、茅島の言葉に思わず笑ってしまった椎葉の息遣いが運転席まで聞こえてしまったかもしれない。

茅島がこの大きな体でキッチンに立って料理をしている姿なんて——しかもその手つきが不慣れであればあるほど、想像すると可笑《おか》しくなってしまう。

「職業柄もあって、外食が多いんです」

笑ってしまった椎葉の様子もバックミラーで見えていただろうに、茅島は機嫌を損ねた様子もなく言葉を続けた。

口元を押さえた椎葉が顔を上げると、再びギアをドライブに入れた茅島と視線が合った。

「先生さえよろしければ、この後いかがですか？」

不思議と目を惹きつけられる茅島の表情が、鏡越しにこちらを窺っている。

まさかそんなことを言われるとは思ってもいなくて、椎葉はしばらくあっけにとられていた。

「先生、お作りしますか」

椎葉のグラスが半分ほど空くと、茅島が窺うように双眸《そうぼう》を細めた。

堂上会の顧問弁護士として勤め始めてから三年、定例会の後に茅島の運転で食事に行くことは珍しくもなくなっていた。

初めて食事に誘われた時は何か失態でもおかしてしまったのではないかと、それを叱責《しっせき》されるものかと緊張してものの味もわからなかったが、結局それは杞憂《きゆう》に過ぎなかった。

それがわかったのは翌月の定例会後にも食事に誘われた時で、茅島は「どんな食事も一人では旨《うま》くもありません」と言って屈託なく笑った。

以来、旨い日本酒を出す店があるだとか、鰤《ぶり》の美味《おい》しい季節だと言っては茅島から誘われることもあれば、いつも世話になっているからと椎葉が家に招くこともあった。

堂上会の邸を出て、茅島の表情が少しばかり砕けたように感じる瞬間が椎葉は一番安心した。

顧問弁護士としての勤めは、まだ未熟ではあるものの今ではすっかり同会系のトラブルを処理することにも慣れ、他地域から持ち込まれる大事も数件は手がけている。

月に一、二回は呼び出される定例会でも足が痺れるようなことはなくなって、以前はあんなに畏れていた堂上会長から、弁護士としての威厳が滲《にじ》むようになってきたと茶化されて談笑できるようにもなった。

それでもやはり、暴力団構成員の持つ独特の威圧感というのにはいつも緊張させられてしまう。

不用意な発言で彼らを不機嫌にさせようものなら、逆上されて手を上げられてもおかしくないのだ。

椎葉は法という武器で彼らを手助けしているつもりだが、中には椎葉を便利な道具としてしか見ない者もいる。腕力に自信のある無頼派は、椎葉を対等な存在には思えないようだ。

彼らの気に障らないようにと無意識に気を張り詰めさせているものが、茅島の車に乗り込むとゆるゆるとほどけていく。

毎回、律儀なまでに玄関先へ車を待たせる茅島の助手席に乗り込むようになったのはいつからか知らない。

後部座席と運転席とでは会話がし辛《づら》いと感じるほど、会話が弾み始めたせいだ。

足が痺れることこそなくなったが、能城の長話を避けるように椎葉はいつも茅島の送迎に甘んじるようになっていた。

「でも茅島さんが召し上がれないのに」

椎葉はアイスペールに手を伸ばした茅島にあわてて首を振って、背の低いグラスに掌で蓋《ふた》をした。

「ブランデーはお気に召しませんでしたか？」

太い首を傾《かし》げて目を瞬かせる茅島の仕種《しぐさ》は、ともすれば可愛《かわい》らしく見えてしまう。

いつも暴力団の人間であることを包み隠そうともしないピリピリとした鋭い目つきをしているくせに、送迎の車中や、あるいは店の個室に入るとふとこうして無防備な表情を垣間見せる。その極端な落差がそんな錯覚をうむのだろう。

あるいは単に、椎葉が酒に酔っているだけかもしれない。

「いえ、そんなことは」

もう一度大きく首を振ると、椎葉は心地よい眩暈《めまい》を覚えて瞼《まぶた》を伏せた。

酒の味を教えてくれたのは茅島だ。

これまであまり飲んだことがないのだと告白すると、茅島は日本酒、ワイン、ブランデー、カクテルとあらゆるジャンルの美酒を椎葉に教えてくれた。

今日は茅島の名前で入ったブランデーのボトルを傾けている。

ただ、車を回している茅島が酒を飲んだことは今まで一度もない。まさかボトルを入れている茅島が飲めない口というわけではないはずなのに。

「茅島さんが召し上がらないのに、ボトルを一人で減らすわけにはいきません」

「どうぞお気になさらないでください。私も飲みたくなれば、代行を呼びますよ。それに、先生が減らす量なんて微々たるものです」

これくらい、と無骨な指先で隙間を作って見せた茅島が肩を揺らして笑う。

酒に慣れていない椎葉のために、確かに茅島はうんと薄い水割りを作ってくれているのだろう。それでも、茅島のボトルを減らしていることに違いはない。

しかし体の大きな茅島が小さく作った指の隙間からこちらを覗き込むその仕草が可笑しくて、椎葉もつられて笑ってしまった。

「先生はどうして弁護士に？」

結局また椎葉のグラスに薄い水割りを作りながら、視線を伏せた茅島が言った。

茅島の声は低く、夜が耽《ふけ》るほど濡れるような艶《つや》を帯びていく。アルコールでふわふわといい気分になった椎葉には、いつもそれが心地よく感じた。

時に、相手が自分を雇い入れている暴力団の人間だということを忘れてしまいそうになるくらい。

「――……私の父が警察官だったんです」

程よい沈み加減のソファに身を預けた椎葉は熱くなった息とともに、ぽつりと漏らした。テーブルの上にグラスを滑らせた茅島が視線を上げる。驚いているように見えた。無理もない。

警察官の息子が、暴力団の顧問弁護士だなんて。

「と言っても、もう亡くなってるんですけどね」

茅島に差し出されたグラスに頭を下げて、椎葉は小さく笑った。

今でも、思い出すのは父親の背中だけだ。彼がどんな顔をしていたのか、どんな声だったかを思い出すことはできない。

「父は寡黙で、大変厳しい人でした。あまり家にいた記憶もないし……いても、話もしませんでした」

躾《しつけ》が厳しかったわけじゃない。叱《しか》られたことさえない。

ただ父の在宅中は家族みんなが緊張していたように思う。恐れられていたわけじゃない。きっと、高潔な父に恥ずかしくないようにと感じていたのだ。少なくとも椎葉は、そう思っていた。

「同じ警察官には？」

「私はどうも、運動のほうがからきしで」

自分でも嫌になるくらい貧弱な体を包んだスーツを擦《さす》って椎葉が首を竦めると、茅島が声もなく笑った。

父に認められたい一心で、勉強に齧りついた。弁護士か、検事になることが椎葉の目標だった。早く独り立ちしたくて堂上会の誘いに乗ったわけじゃない。もしかしたら、最期まで椎葉のことを一言も褒めてはくれなかった父親に対する反抗のつもりもあったのかもしれない。

そんなことはとても茅島に言えたことではないが。

幸い、茅島は何故暴力団の顧問弁護士に、とまでは言及せずに小さく肯いたきりだった。

「お互い、出来た父親には頭が上がりませんね」

細いグラスに注がれた炭酸水を呷《あお》った茅島が言うと、椎葉は目を瞬かせた。

茅島だって人の子だ。しかしその口から父親なんて言葉が出てくるとは思わなかった。

露骨に驚いた顔をしてしまったのか、グラスを置いた茅島は椎葉の顔を見返すと苦笑を浮かべた。

「もっとも、私の父親は実際のところ誰なのかわかりませんが。……ろくに親もわからない私のことを育てて下さったのは、堂上会の親父《おやじ》です」

思わず、あっと声が漏れた。

「親父、……って、会長、ですか?」

「ご存知なかったんですね」

茅島はどこかばつの悪そうな照れくさそうな顔で目を伏せた。こんなこと茅島以外に誰が教えてくれるものか。

あるいは会長が話してくれる機会でもあれば知っていたかもしれないが、まさか椎葉から聞くわけにはいかない。

直系の舎弟であるにも関《かか》わらず茅島がどうして定例会ではかならず末席にいるのか、その茅島が常に会長の傍《そば》で世話を焼いていることも。

会長の息子——盃《さかずき》を分けているというわけではなく、まさに言葉通りの親子関係にあるのだと思えば、話はわかる。

若頭である能城の話を遮るなんて真似は、確かに茅島でなければできそうにない。

そこまで考えて会長が茅島に椎葉の世話を任せたのだとしたら、感心してしまう。

だけど茅島はそう言われてみれば生粋の極道という貫禄があるような気がする。

年季の入った執行部の強面に引けをとらない堂々とした態度も、余裕を感じさせる屈託の無さも、一般的な品の良さとは違うかもしれないがある種の育ちの良さを感じる。

関東では他者の追随を許さないと言われる堂上会のドンである会長直々に鍛えられたとあれば、納得だ。

堂上会幹部の面々の顔や人となり、癖などは少しずつ理解してきたつもりだ。しかし、その人の生い立ちまで知ることはなかったし、知る必要もないと思っていた。

しかし茅島の生い立ちを知ると、こんなことを三年も知らずにいたことが恥ずかしくもあり、惜しくも感じてしまう。

自分を育て上げた会長の隣にいる茅島は、あるいは息子の顔を見せていたのではないだろうか。いつもは息を潜めた狼《おおかみ》のような茅島が、最近は椎葉の前で表情を緩めて見せるように。

茅島は初対面の横柄な態度が嘘《うそ》のようにいろんな顔を持っている男だ。子供のように笑う意外な顔を見せたかと思えば、次の瞬間やはり極道の男なのだと思わされる鋭い一面を見せたりもする。

それが茅島の人好きするところなのだろう。

「――……先生」

小皿に盛られたナッツを摘んだ手をおしぼりで拭《ぬぐ》いながら、茅島が唸るように呟いた。

茅島がこんな声を上げるなんて珍しい。

「……そんなに見つめられると、どんな顔をしていいのか困ります」

「！　見つ……っ、」

瞬間、我に返った椎葉は慌てて顔を逸らした。

見つめてなどいただろうか。

観察するように不躾な視線を向けていたのを、遠回しに指摘されただけなのだろう。自分の失態と、それに対して茅島に気を使われたことが恥ずかしくて顔に血がのぼっていく。いやあるいは、急に酔いが回ってきて顔が熱くなっているだけかもしれない。

じわりと額に浮かんでくる汗を掌でおさえると、正面の茅島が新しいおしぼりを差し出してくれた。

「す、すみません」

自分はいったいどんな顔で茅島を見ていたのだろう。

悪意があって観察していたわけではない。どちらかと言えば惚《ほ》れ惚《ぼ》れするような男だ、と思っていたはずだ。

とはいえ男にじろじろと見られて気分のいい人間なんていない。

熱くなった頬におしぼりを押し当てて、改めて謝ろうと椎葉は顔を上げた。

「茅島さん、あの……っ」

「先生にそんな熱っぽい目で見つめられたら、妙な気になってしまいそうです」

茅島はすっかりいつも通りの様子で、グラスを手にしていた。

「ね、……熱っぽいって、」

冗談で流そうとしてくれているのか知らないが、余計に椎葉の背中に汗が滲んでくる。

どうにもこういう冗談は、苦手だ。そもそも今までこんな風に軽口を叩くような友人がいなかったというのに。

茅島とこんな風に他愛のない時間を過ごせているということ自体が椎葉にとっては照れくさくなるくらい嬉《うれ》しいことで、妙にドギマギしてしまう。

自分が勉強しかできないつまらない人間だと悟られたくない。少しでも気の利いたことを言って一緒にいる時間を楽しいと思ってもらいたいと意識するほど、気持ちが焦ってしまう。汗は止まらないし、胸が苦しくて、言葉が出てこない。

茅島は狼狽《ろうばい》する椎葉を見て肩をそよがせるように笑っている。

ソファに深く腰掛けて足を大きく広げ、膝に肘《ひじ》をついてグラスを掲げて笑っているその姿が驚くほどどこのバーに似合っていて、いちいち絵になる男だ。

「——茅島さんこそ」

気付くと、言葉が口を衝《つ》いていた。

「え?」

「茅島さんこそ、そんな風に言われたら女性は簡単にその気になってしまうでしょうね」

食事の席でもバーに入っても、今まで茅島がテーブルに女性をつけたことは一度もなかった。

これが能城なら晩酌のみならずそのままベッドまで持ち帰れと押しつけてくるだろう。だけど茅島は女性のいるような店を選んだとしても、相席させることはしなかった。

茅島が顔を出せば、どんな店の女も目の色を変えたのに。

「茅島さんは、女性におもてになるでしょう」

額に浮かんだ汗はいつの間にか引いている。

だけど、自分が何を言ってるのかよくわからない。つまらない社交辞令が、舌の上を素通りしていくような感じがする。

「どうでしょうね」

太い首を竦めた茅島がグラスを呷って、謙遜する。

堂上会には、女の数が男の価値だと豪語する者も、愛妻家もいる。おそらくどこの社会とも変わらないだろう。多分男という生き物が、その二種類に分かれるという、それだけのことだ。

茅島がどっちなのかは知らない。

彼に、添い遂げている女性がいるのかどうかさえ。

「一晩だけの相手がいくらいても、果たしてそれがもてると言えるのかどうか」

椎葉は自分で振った話題に一瞬息を詰まらせて、唾《つば》を飲み込んだ。

さすがですねと言ってブランデーを一口嚥下《えんげ》しようと思うのに、言葉が出てこない。

胸がざわざわとして、嫌な気持ちがした。

茅島には大勢の女が傅《かしず》いていたっておかしくはない。彼自身は自分なんて舎弟の一人に過ぎないと謙《へりくだ》るけれど、椎葉の素人目に茅島は堂上会長に負けるとも劣らない王のような器があるように見える。

だけど、茅島が女性を一晩で使い捨てするような非情な男だとは思いたくなかった。

椎葉のような世間知らずにも頭を下げられる男だし、部下からも慕われている。女性に対しても、敬意を払える人間だと思っていたかった。

あるいは心に決めた相手は一人だけいて、その他の女性にも言い寄られているというだけの自慢だったのなら——と思うと、また胸が重くなった。

くだらないことだ。

女性だけじゃない、男でさえも見惚れるような逞しい茅島という男と、一度ならず毎月のように一緒に食事をしているということが椎葉にとって多少の優越感を覚えさせていた。

たかが、定例会の後の数時間を一緒にするだけのことで。

茅島にとって特別な相手というのは、きっともっと魅力的で——少なくとも自分のような退屈な人間ではないのだろう。

「先生だって、魅力的な方だ。女性は放っておかないのでは？」

酔いが回って止《と》め処《ど》なくなった椎葉の思考を遮るように、茅島が声を潜めた。

思わず顔を上げると、思いのほか茅島の顔が近くにある。椎葉はソファの背凭《せもた》れに身を押しつけるようにして、それとなく顔を引いた。また、体温が上がったような気がする。

「茅島さん、何を」

「先生は凛《りん》としていて、私のような男から見れば、まるで穢《けが》れを知らない聖人のようです」

うろたえた椎葉を眩しいものでも見るように目を細めた茅島が、掠《かす》れた声で囁《ささや》く。

穢れを知らないだなんて言われると、胸が疼《うず》いた。

椎葉はただ世間を知らないだけだ。

机に齧りついて勉強することしか知らなくて、年相応の遊びも、人付き合いさえ避けてきた。

進学校も司法研修所も、友人がみんなライバルに見えたし、卒業後に連絡を取り合うようなこともない。まして、女性となんて。

まさかこんな年にもなって女を知らないなんて茅島には思いもよらないだろう。茅島には知られたくない。ただの見栄《みえ》だ。茅島にこれ以上つまらない人間だと思われたくない。

後ろめたさを隠すように椎葉が肩を窄《すぼ》めて萎縮《いしゅく》しかけた時、茅島の手が椎葉に向かって伸びてきた。

「！」

指先が触れて、思わず弾《はじ》かれたように顔を上げる。

茅島の眼差しが、まっすぐ椎葉を捕らえていた。

「――あなたは高潔な方だ。お父上譲りなのかな」

低く落ち着いた茅島の声に胸を突かれて、椎葉は一瞬呼吸も忘れた。

そんなことを言われたのは生まれて初めてだ。

椎葉にとって父親は決して振り向いてもらえない寂しさと、どうしても追いつけない悔しさと憧《あこが》れの象徴だった。

そんな父親に似ているだなんて、自分ではとても思えない。

だけど茅島に言われると、信じたくなった。

「ありがとう、……ございます」

胸が詰まって、小さな声しか絞り出せない。椎葉がぎこちなく顔を伏せると、茅島は椎葉のグラスに氷を落としていた。

手を伸ばしたのは、グラスを取るためか。

揃えた膝の上で握りしめた椎葉の指先には、まだ茅島の体温が残っているような気がした。

確かにその晩はつい飲みすぎてしまって、店を出る頃には足元が覚束なくなっていた。

「ほら、先生。――大丈夫ですか、足元。もう一段ありますよ」

茅島の腕に肩を支えられながら、椎葉は「すみません」と詫びながらも口元が緩んでいたように思う。

気分がひどく良い。

茅島と一緒にいると勤務中とはまた違った緊張感があって、作ってもらった酒は全部飲んでしまった。深みのあるブランデーは美味しかったし、飲めば飲むほど緊張が解けて楽しい気持ちになるのが心地よかった。

「ふふ、足が痺れているわけでもないのに」

背の高い茅島の肩へ腕を回すことなどできず、腰を頼りなく掴んだまま足を引きずるように部屋のソファまで運ばれながら、椎葉は珍しく声を漏らして笑った。

そんな椎葉を見る茅島の表情も、いつもより砕けて見える。

椎葉を高潔だなんて言ってくれた茅島にみっともないところを見られたくないと思っていたはずなのに、茅島と一緒だからこそ安心して酔うことができたような気もする。それは茅島にも伝わっているだろう。

「先生、お水をお飲みになりますか」

椎葉をソファにそっと下ろした茅島を見上げると、首のネクタイが緩んでいる。

それがまるで仕事を離れた付き合いを表しているように見えて、椎葉は嬉しくなった。アルコールに飲まれてのぼせたようになった体をソファに沈め、首肯する。

「はい、……すみません。何から何まで」

冷静に考えれば、茅島の仕事はただ椎葉を送り迎えするだけなのに。食事だけならまだしも、こんな風に自宅で世話を焼かせるような真似までさせて、申し訳なく思う。

それこそ、彼はいわば取引先の社員に過ぎない。いくら友人のようだと椎葉が錯覚しても、茅島が椎葉を先生と呼び続けることが何よりの証《あかし》だ。

せめて椎葉さんとでも呼んでくれれば、距離も近付くような気もするのに。

「構いませんよ、私が調子に乗って飲ませすぎたんです」

キッチンでグラスを手にする茅島を窺い見ると、慣れた手つきでサーバーから水を注いでいる。

分厚い体をして、逞しい腕をしているのにキッチンで働いてくれる姿を見ていると椎葉はまた可笑しくなってきた。

茅島にそんな世話を焼かせて申し訳ないと思うのに、どうも脳まで酒に浸っているようだ。何を見ても可笑しく思えてきてしまう。

自分がこんなに笑い上戸なのだとは知らなかった。

茅島が酒を教えてくれなければ知ることはなかっただろう。

「何がそんなに可笑しいんです」

茅島の体軀に対して小さく見えてしまうグラスを差し出されても、椎葉は肩が震えるのを止められなかった。

「いや、……すみません。調子に乗って飲みすぎた、ならわかりますけど飲ませすぎた、なんてあまり聞かない表現なので」

椎葉はソファの上に腕をついて座りなおすと、茅島を仰いで手を伸ばした。結露を滴らせるグラスの中の澄んだ水がひどく美味しそうに見える。

戯れに吐いた椎葉の指摘に、茅島が首を竦めて笑った。

初めて会った時はこんな砕けた表情をするような男には見えなかった。狛犬がいつも牙《きば》を向いて固まっているように、茅島の切れ上がった眸の中にはいつも刃がちらついているものかと思った。

今ではそんな茅島を見る機会のほうが少ないように思える。狛犬も、忠誠を誓う会長の前を離れれば自由な犬になるということか。

「零《こぼ》さないでくださいね」

そう言って慎重にグラスを手渡した茅島の掌が、椎葉の手に重なった。

酔っている椎葉の手よりも温かい。

茅島は体が大きいから体温が高いのか、たまにこうして触れてしまう肌の熱さに椎葉が以前そう尋ねた時、茅島は自分の手を押さえて首を捻った。毎朝散歩をしているから新陳代謝が良いのかも知れない、などと言っていたが、茅島がジャージ姿でウォーキングをしている姿なんて、想像をするとまた笑いがこみ上げてくる。

椎葉はまた大きく揺れる自分の肩を危惧して目の前のテーブルに一度グラスを預けた。

「今度は何ですか。……あまり人の顔を見て笑わないでください」

そう言った茅島も笑っている。広く造られたソファの傍らに腰を下ろした茅島が、すみませんと詫びながら唇を押さえた椎葉の横顔を覗き込んだ。

「今日も代行を呼び忘れてしまいましたね」

椎葉が話を逸らして見返すと、茅島は広く寛げた膝の上に肘をついて指を組んだ。ただそうして座っているだけで絵になるのは、身体の均整が取れているせいなのだろうか。椎葉は生白く貧弱な自分の体を顧みるように茅島から視線を外し、グラスに手を伸ばした。

「ええ、私は先生が飲んでいる姿を見ているだけで十分満足してしまいました」

掌にひやりと冷たいグラスを傾け、また笑いそうになる唇に押し当てる。

火照った体にそれがひどく心地よくて、椎葉は首を逸らして水を呷った。

茅島の視線が、まだ椎葉を見つめている。その視線にさえ茅島の熱い体温が移るようだ。そう感じるのは自分が酔っているせいかもしれない。

「……それとも先生は、賑やかなほうがお好きでしたか？」

咽喉を冷水が通っていく感触が新鮮で、椎葉は調子に乗って浴びるように飲んでしまったようだ。一息でグラスの半分ほどを飲み下した椎葉が顔を戻すと、顎先から雫が落ちた。どうも、口端から水が零れたようだった。

それを拭おうとした椎葉の口端に、茅島の手が伸びてきた。

驚いて視線を上げると、茅島が飲み零した水を指先で拭ってくれた。

「すみません」

まるで子供だ。

茅島のざらついた指腹で拭われた口元に椎葉が慌てて手の甲を押し当てる。こんなことまで面倒を見られるようでは、堂上会長が言うような弁護士としての威厳には程遠い。

確かに茅島から見れば椎葉は年下だし、それを除いても世間知らずの優男というところなのかも知れない。

「それならば、今度はテーブルに女がつくようなお店を用意しましょうか」

――能城がしつこく誘うような。

言外に茅島がそう言ったような気がして、椎葉はゆるゆると首を振った。――振ろうとした。だけど水滴を拭い上げた茅島の指先が、まだ離れない。

自らの手を上げた椎葉が戸惑ってそれを押し留めようとしても、茅島の熱い指先が顎先から口端まで上り、驚いて弛緩《しかん》した椎葉の唇の上を撫でた。

「あの、私は茅島さんと話ができるだけで、――……っ」

身を引いて茅島の指先を固辞しようとしても、茅島は腕を伸ばしてそれを追ってきた。水に冷やされた椎葉の唇を茅島の指先が熱くしていく。

さっき店で一瞬掠めただけの茅島の熱が、椎葉の口内に押し入ってくる。

「ッ！　茅島、さ」

驚いて目を瞠った椎葉に、茅島が腰を滑らせてソファの上の距離を詰めてきた。

「それは良かった」

茅島の影が椎葉の視界を覆ったかと思うと、椎葉は知らないうちにソファへ背を沈めていた。

酔いの回った自分が勝手に倒れこんだのかと思った。慌てて肘をつき身を起こそうとして初めて、茅島の手に肩を押さえられていることに気付いた。

ソファの下でグラスが転がり、テーブルの足にぶつかった音がした。

「——私も同じ気持ちです」

ソファの上に横になっているはずなのに、天井が見えない。目の前を塞ぐ茅島の顔ばかりに視線を捕らわれる。

茅島の指が気になって、息がうまく継げない。

「もっとも私は、あなたのように純粋な気持ちではないかもしれません」

椎葉の胸の上に、茅島の緩んだネクタイの端が落ちてきた。

茅島はソファの上に片足を上げると、椎葉の体を跨《また》ぐように体を重ねて、親指を押し込んだ椎葉が言葉を紡ぐ舌を撫《な》でた。

「ちょ、……っと、あの、……茅島さん」

思わず舌先が強張ったように震えた。

摑まれた肩から、舌先から、ソファの上で重ねた肌の上から茅島の体温が伝わってくる。茅島があまりにも熱いせいで、椎葉は自分が酔っていることも忘れそうになった。

「あなたは私だけを見ていればいい」

そう言った茅島の声はひどく掠れて聞こえた。

どういう意味か、尋ね返そうとした舌を指先で摘みあげられる。

「、！」

人差し指をもねじ込まれた椎葉はビクと顎を震わせて首を逸らすと、大きく口を開くことを強制されて言葉を紡ぐこともできなくなった。

唾液《だえき》に濡れた舌を茅島の指がぬるぬると弄《もてあそ》んだ。目の前の茅島が視線を伏せ、それを見下ろしていることに気付くと椎葉は急に気恥ずかしさを覚えて首を左右に振った。

「ン……っぅ、……！」

口を抉じ開けられているせいで、妙な呻《うめ》き声しか出せない。茅島の手を振り払おうとしても、舌の根を伸ばすように引き上げられるとそれも思うようにはできず、ただ鼻の上の眼鏡がずれただけだった。

椎葉の唾液を搾り取るように舌を摘み上げた茅島の指先がぬるり、と滑ってようやく椎葉を解放すると、視界の端に映った茅島の指に銀糸が引いていた。

濡れた指先を一瞥した茅島が、その二指を張り合わせて、また離す。にちゃ、と粘ついた音さえ聞こえそうに見えたその仕草を椎葉も朧《おぼろ》になった視線で捕らえてしまってから、慌てて顔を逸らした。

何の真似だ。わからない。

椎葉は茅島の胸を肘でやんわりと押し返しながら、身を起こそうと試みた。

ようやく閉ざすことができた口の中に自分以外の味がする。妙に塩っぱい。

普段意識することもないが、茅島だって前科のある男だ。その手は他人の血を浴びたこともあるだろう。それを押し込まれていたのかと思うと、いい気はしない。――いや、他人の指を口に含むなんて、相手が誰だろうと普通いい気はしないものだ。

今もう一度口を開けば茅島に乱暴な口を聞いてしまいそうで、椎葉は自分を落ち着かせるように一度眼鏡を直して拍を取った。

しかし、茅島はすぐにその直したばかりの椎葉の眼鏡を濡れた指先で取り上げてしまった。

「あ、……！」

思わず、声を上げる。

眼鏡を取った自分の顔に特別なコンプレックスを抱いたことはないが、他人から奪われることだって想定したことはない。椎葉が反射的にそれを取り返そうとした時、視界が真っ暗になった。

目を瞬かせても、何も見えない。

ただ、茅島の息遣いだけが間近にあった。

「――ふ……っン、んぅ……――ッ……！」

唇に圧迫感がある。息苦しさを覚えて顔を逸らし、喘《あえ》ぐように呼吸を求めるとその口内に今度は熱い、ぬるりとしたものが滑り込んできた。

茅島の厚い胸が椎葉の上にぴたりと重なっている。

それを押しのけようとした腕を茅島が取り上げて、ソファの上に縫い付けられる。

口腔内を侵す濡れた異物が椎葉の上顎を這って、歯列を裏側からなぞり上げた。

「……っ、ぅン……ん、く……っ！」

瞬間、妙な疼きが背筋を走ったかと思うと、今度は椎葉の舌へ濡れたものが絡み付いてきた。表面を押し付けて、椎葉の唾液を吸いながら裏の筋まで擽《くすぐ》るようにあやしてくる。

自分でも刺激したことのない部分を、予期しない動きで撫でられると椎葉は全身が粟立《あわだ》っていくのを感じた。半分ソファの下に落としたままの足先までピク、ピクと自然に震えてしまう。

それはひどく熱くて、椎葉の剝《む》き出しの粘膜を勝手に這い回る異物であるはずなのに、不思議と椎葉は目蓋《まぶた》を落としそうになった。それほど心地良いような熱であるように感じる。ただどうしようもなく胸がざわつくことだけが違和感を覚えさせる。それは、不安にも似ていた。

眼鏡を外されてどうせ何も見えはしない視界を、落ちてくる目蓋に抗《あらが》わず閉ざしてしまった椎葉の耳に――あるいは、体内から、その時唾液の粘ついた音が響いた。

「っ！」

再び目を瞠る。

今度は、暗い視界の理由がわかった。

茅島が顔の向きを変え、もう一度唇を重ねなおしたせいだ。

「――……っぅ、ン……！　ンん、む……ぅ、っ！」

椎葉は捕らえられた腕を振り払おうと肩をばたつかせ、ソファを蹴《け》った。しかし椎葉の上にのしかかった茅島の大きな体はびくともしない。

唇はぴたりと塞がれて、口付けを強いられていると意識した瞬間息苦しさを覚えるようだった。急に強張った椎葉の舌を強引に吸い上げた茅島が、それを自分の口内に引きずり込むように唇を貪《むさぼ》る。

「や、……っぁ、か……っ、茅島さん、ッ……！」

首を捻り、茅島の唇から逃れた椎葉が息を大きく吸い込みながら制止の声を吐くと、それをまた遮るように茅島の唇が追ってきた。

と同時に、茅島の掌が椎葉のスーツの上着を開いていた。シャツをスラックスから抜き、素肌を撫で上げるようにしてたくし上げる。

茅島の掌に脇腹《わきばら》を辿《たど》られると、椎葉はソファから背を浮かせて短く痙攣《けいれん》した。

「先生、酔ってるんですね。……それとも元々、こんなに感度がいいんですか」

今度は侵入をさせまいときつく唇を結んだ椎葉の唇を諦《あきら》めた茅島が、顔を背けた椎葉の耳朶にその濡れた唇を押し付けて囁く。今度は椎葉は背を丸め、下唇を齧んだ。

こんな反応を、したくてしているわけではない。意思に関係なく体が勝手に震えてしまう。

茅島が不意に、上体を離した。頭上に捕らえられていた腕も放された椎葉がはっとして茅島を仰ぐと、茅島は椎葉の腰に跨ったままスーツの上着を脱いだ。

その手で首のネクタイを解き、ワイシャツを手際よく開いていく。その隙間から徐々に露《あらわ》になる茅島の陰影が深い筋肉を目に留めると、一瞬、椎葉は見惚れた。

スーツを着けていても逞しい体だとは思っていたが、こうして目の当たりにするとまるで彫刻のように美しい。

しかしボタンを外し終えた茅島が肩からシャツを抜くと、肩から続いているのだろう刺青《いれずみ》の彩りが椎葉の目を刺して、瞬間、椎葉は我に返った。

「か、……っ茅島さん、退《ど》いて下さい、あの……」

唇に残った、どちらのものとも知れない唾液を拭いながら椎葉は上体を起こした。茅島が腰を下ろした自分の体を引いて、視線を逸らす。

混乱していた。

自分が今どんな状況下にあるのか、正確に把握できない。

とにかく取り上げられた眼鏡をかけなおそうと視線をテーブルに遣ると、その視界を茅島の腕が塞いだ。

「っ！」

再び、叩きつけられるようにソファの上に突き倒された。

茅島を見上げても、茅島がどんな表情をしているのかまでは判然としない。部屋の明かりが逆光になって、陰になって見えるだけだ。

茅島はソファのスプリングの上に背を弾ませた椎葉を押さえつけるように掌で胸を押すと、その手で皺になったシャツを握って乱暴に引いた。

あっと声を上げる間もなかった。

生地が裂ける音とともにシャツのボタンが飛び、椎葉の頬《ほお》を掠めて行った。息を飲んだ椎葉の体を露にした茅島が、再び胸を寄せてきた。

「——や……っ、やめてください、……っ茅島さん！」

慌ててそれを押し返そうと腕を伸ばすと、茅島の厚い筋肉に直接触れてしまって椎葉は一度、弾かれたように手を引いた。

鼓動が早くなる。

混乱しているのだ。

茅島は残ったワイシャツのボタンを外しながら椎葉の首筋へ唇を埋《うず》め、舌を這わせながら吸い上げる。耳朶の下から鎖骨まで、茅島の荒い吐息が椎葉の肌を擽った。

ぞくぞく、と椎葉の身の内を得体の知れない戦慄きが湧き上がってくる。

茅島が濡れた音を零しながら椎葉の胸の中央まで唇を下げると、それは耐え難いほどになって椎葉は目を瞑《つむ》ってもう一度茅島の肩へ手を伸ばした。

「やめ、……っ茅島さん、何を……！」

こんなこと、普通じゃない。

椎葉は茅島の肩を摑むと自分から引き剝《は》がそうと強く揺さぶってみたが、茅島はそれをものともせずに椎葉の乳首へ舌を押し付けた。

「ン――……っぁ、あ……!?」

大きく自分の体が震えたようだった。大きく唇を開いた椎葉は、次の瞬間下肢から猛烈に突き上がってきた疼きを覚えて体を丸めた。

――いけない。

「嫌……っだ、やめ……っ茅島さん、やめてください、やめ……っ」

この感覚には覚えがある。下肢から抗い難い勢いで上ってくるこれは、どうしようもない劣情だ。

慕った相手などいなくても、そんなことに気を回している余裕などなくても人間の本能として付き合っていかざるを得ないそれを呼び覚まされて、椎葉は必死で茅島を引き離そうとした。

スラックスを押し上げているものの存在を茅島に悟られたくない。

足の痺れなんてものとは比べ物にならない羞恥《しゅうち》に襲われて椎葉は茅島の背中を打った。

それでも茅島は一方で椎葉の脇腹を擽るように撫でながら、舌先では乳首を転がしている、音をたてて吸い上げられたそこもまた、小さく硬いしこりになって茅島を押し返していた。

頭に血が上るようだった。

「嫌だ……っ茅島さん、離れて、……や、ァ……嫌だ……ッ!」

足をばたつかせても、自分の欲望を刺激してしまう。

それでなくても茅島は椎葉の劣情の上に跨り、腰を押し付けてくる。

椎葉は怒鳴るように声を荒げて懇願した。

目尻に涙が浮かんでくる。

胸を締め上げるような羞恥とともに、不安と恐怖が津波のように襲ってくる。

茅島から与えられた刺激に自分がこんな浅ましい反応をしたなどと知られては、茅島に笑われるかもしれないと思った。

こんな行為をする茅島がおかしいのに、それ以上に、茅島の舌や指先に反応する自分が醜いもののように感じる。

茅島に笑われ、見下されることが辛い。

だから、茅島が気付かない内にそれを押し隠してしまいたいのに茅島はもう一方の手で開いた乳首を摘んできた。

「ひ、……ッぅ、ア、っ……！」

ビクン、とソファの上で椎葉の体が跳ねた。

その拍子に目尻から涙が滴って、耳朶の後ろの髪を濡らして消えていく。

茅島が摘んだ乳首の先から、歯の根が合わなくなるような痺れが走って椎葉は股間《こかん》がぐんと熱を増したのを感じた。スラックスが窮屈に感じる。

もう駄目だ。

茅島はもう気付いているのに違いない。外から見てもわかるほど股間は膨らんでいるだろうし、それでなくても先から茅島は椎葉のそれを誘発させるように腰をしきりに擦《こす》り付けてきている。

女にするかのように乳首を吸い、舌先で先端を捏《こ》ねてくるのもそんな椎葉を嘲笑っているかのように思える。

「先生、――もう、苦しいでしょう」

痛いほど硬くなった乳首の先へ舌を伏せたまま、茅島は唇を開くと熱い吐息で椎葉の肌を焦がしながら囁いた。

重ねた体の下で、ベルトを解く音が聞こえる。どちらのものかわからない。

「今、楽にして差し上げましょう」

そう言ったかと思うと、茅島の手が椎葉のスラックスの中へ滑り込んできた。

「――……ッ！」

椎葉は、目を見開いて茅島を見た。突き放すように腕を突っ張る。こんなひ弱な腕では茅島をぐらりとさせることも叶《かな》わないとわかっていても、それでも。

「い……――っいや……！　嫌だ……ァ、っ…茅島さ、……やめてくだ、さい……っ！　嫌だ、いや……ッ！」

首を左右に振りかぶって、椎葉はソファの足を蹴った。

茅島の肩を押し返し、茅島の体の下から自分の体を抜いて逃げ出そうとすると、途中で腰を押さえられた。

椎葉の下着の上から茅島の指が絡みついてくる。屹立《きつりつ》したものの形を確かめるように根元からゆっくりと這って、先端まで着くとそこに指先を押し付ける。

「ン……っく……！」

声を飲み込んだ椎葉が首を折ると、茅島が息を吐いた微かな声がした。

笑われたのかもしれない。

椎葉は暗い気持ちに心を苛まれると身を捩《よじ》って、せめて体を伏せて押し隠そうとした。それも腰を茅島に押さえられていては叶わない。

茅島は下着の上から椎葉の男根をゆっくり上下に撫でると、椎葉が体をずり上がらせたせいで近くなった股間へ、更に顔を近付けた。

「ッ……！　茅島さ、……み、見ないで……っやめ、もう……っ！」

自分でしか触れたことのない肉棒は茅島の無骨な指先に少しあやされただけで、容易く先端を濡らしていた。茅島の人差し指がそれを突付くたびに下着へ糸を引かせているのがわかる。

そんなみっともない部分を、茅島に見られたくない。

しかし茅島は椎葉の声に耳を貸そうともせずに顔を下げると、下着を押し上げるそれの香りを嗅《か》ぐように鼻先を寄せた。

「——……っ！」

茅島の鼻梁《びりょう》が掠めるように肉棒の裏筋へ触れただけで、椎葉は足の爪先まで緊張させて腰を跳ねさせてしまった。

これではまるで、自分から腰を擦り寄せたようだ。

そう思って堪えようとしても、体の震えは発作的で、抑えようもない。茅島の鼻先が寄っているというのに、亀頭《きとう》の先からはまたどぷりと先走りが溢れたようだった。

自分の醜い体液の匂いを茅島に気付かれる、そう思うと椎葉は逃げ場をなくして、腕で顔を覆った。

じわりと涙が溢れてくる。

茅島のような、小さいながらも一家を構えるだけの器の男と親しくできることが嬉しかったし、誇らしく感じていた。

このところで堂上会の幹部集はもとより組の内の主要な人間の顔や人となりまで知ってきたつもりだったが、それでも茅島の隣ほど落ち着いて過ごせる場所はなかった。

茅島は口先だけではなく椎葉を対等のように扱ってくれているからだと思っていた。力もなく、法の知識しか持たない椎葉のことを茅島は認めてくれる、友人のようなものだと。

だけどこうして組み敷かれてしまえば茅島は椎葉の腕力ではぴくりともしないし、どんなに声を荒げても蚊の羽音くらいにしか聞き止めていない。

結局、椎葉は茅島には何も及ばない――もしかしたら、茅島はそう教えようとしているのか。

それでもこれが暴力ではないだけマシなのかもしれない。

椎葉を辱めてその力の差を教えることが目的なのか。

茅島と一緒に囲む食事は楽しかった。だけど、椎葉がそんな風に気安くすることを茅島は面白く思っていなかったのかもしれない。

「……くっ、ぅ……ん、ア……！」

下着の下の屹立に鼻先をすり寄せた茅島が、唇をやんわりと押し付けて椎葉の亀頭を包んだ。先走りを滲ませた先端を吸い上げるように口腔に含み、舌を遣う。

「あ、っぁ、……っあぁ、……ふ、ッ……く、」

椎葉は内腿《うちもも》を引き攣《ひ》らせながら腰を揺らして、力ない足でソファを蹴った。自分の手で慰めるよりも柔らかい刺激に背筋が震えて、どうしようもない。茅島に与えられる刺激に逆らうことができず反応してしまう、自分の弱さだ。対等なんかじゃない。椎葉は自分が女のような声を上げるたびに、それを思い知らされているのだと思った。

茅島は椎葉の下着をたっぷりと唾液で濡らすように唇を滑らせると、重くなった下着に包まれた椎葉がその形を透かすように根元まで舐《ねぶ》った。傘の開いた亀頭から、ぴくぴくと息衝いて震える裏筋、陰嚢《いんのう》の上まで茅島は息を荒げて貪る。

茅島の行為に戦《おのの》く以外に力をなくした椎葉の足を、茅島がゆっくりと撫で下ろす。前を寛げたスラックスを落とし、椎葉の濡れた下着を歯先で捕らえて引き下げる。

「ふ、……ぁ……ッ！」

ぶる、と震えるようにして下着から弾き出された肉棒が外気に触れると、椎葉は竦みあがって身を捩った。

ソファに顔を伏せ、首を縮める。

茅島は椎葉の足を片方、肩に担ぐように抱えると露にした男根を咥え込んだ。窄ませた唇に先端を突き立てて吸い上げるように含んでいく。茅島の体温と、濡れた柔らかな粘膜に包まれて椎葉は大きく仰《の》け反《ぞ》った。

「い、あ……っ！　ンふ、……ッく、ぅ……ん、茅、島さ……っごめ……ん、なさい……っ！」

思わず口をついて出ていた。

ソファの上で緊張させた背を震わせ、茅島が舌を蠢《うごめ》かせるたびに腰が跳ねるのを止められない。ちゅく、ちゅくと音を立てて茅島が唾液を泡立てるように口内を蠕動《ぜんどう》させると椎葉は堪《たま》らずに先走りを吐いてしまう。

苦しい。胸を掻《か》き毟《むし》りたくなるような劣情に喘ぎながら、椎葉は掌で顔を塞いで、せめて涙だけでも押し隠そうとした。

「ごめんなさい……っ茅島、さ、ぁ……ン、ふ、ぁ……っあ、ぅ……っ！」

茅島が椎葉の張り詰めた陰嚢を指先で押し上げながら、唇を前後させる。咽喉をきつく窄ませると、それに締め上げられた先端から、椎葉は腰が崩れそうになるような甘い痺れを覚えた。

「——何を、……謝っているんです」

息を弾ませる茅島が屹立を横様に咥えて舌を絡ませる。裏筋を小刻みに震える舌でなぞられると、椎葉は腰を突き上げて身悶《みもだ》えた。

「ごめ……さ……っ！　茅島さん、すみません、……すみませんでした……っ！」

今までまるで友人のようだと思っていた自分の態度が悪かったのなら、茅島の怒りはもっともだ。確かに椎葉は、茅島に心を許せると感じていた。

「謝るなら私の方でしょう」

茅島は低い声で呟きながら、椎葉の陰嚢へ唇を移した。劣情に誘われて膨れ上がったそれに、まるで頬擦りするかのように口付けて、その下まで舌先を滑り下ろす。

抱え上げた椎葉の足の下を覗き込むように顔を沈ませた茅島が、背後へ続く柔らかい箇所を舌でノックするように押し上げた。

「——……っあ、……！　は、ぁ……ッ、や……っ?!　何、……やめ、ッ……！」

まるで、劣情そのものを擽られたかのようだった。

それも、柔らかな羽の先で。

茅島は椎葉の下肢を抱え上げて足先を椎葉の顔に寄せると、双丘まで露にさせる体勢を強いた。茅島がずっと下げていた顔を、それに合わせて上らせてくる。

椎葉は、慌てて腕を顔に乗せた。こんな浅ましい顔を見られては堪らない。しかもこんなみっともない格好で。

茅島がこちらを見ているかどうかもわからない。見ているなら、大きく広げさせられた足の間から顔を覗かせて醜い男根をそそり立てている椎葉の姿を、どんな風に思うだろうか。呆れて、侮蔑《ぶべつ》しているかもしれない。そんな茅島の顔を見るのが怖かった。

初めて会った時とは違う。

こんな風に男の手で性感を煽《あお》られて先走りを溢れさせている椎葉が、毅然として茅島を見返すことなどできない。

茅島は目前に晒《さら》した椎葉の陰嚢の裏へ改めて唇を押し付けると、唾液を塗《まぶ》すようにして食み、椎葉が打ち震えた薄い皮膚の上へゆっくりと移動した。

ざらついた舌をぬるぬると滑らせ、そこに小さな円を描くように茅島は椎葉を責めたてる。

もう男根に触れられてはいないのに、椎葉は自分の腹の上に先走りが滴ってくるのを感じた。

「やぁ……っあ、……ッそこ……やめてくだ、さ……っ茅島さん……！」

自分の頭に押し上げられた足先が緊張して震える。

椎葉は腕で隠した顔を振り、肩をばたつかせた。拒む術《すべ》を知らない一方の腕で茅島の髪を摑むと、まるで自分がそれを欲しがっているような錯覚を覚えた。

揺れてしまう腰も、まるで茅島を誘っているようだ。

それを違う、と否定しきれない自分がいる。

心を許した茅島だからこそ、こんな自分を暴かれることが耐え難いのに、もしかしたら相手が茅島だからこそこんなに反応してしまっているのではないかという気がする。

「う……ン、は……っあ、……ぁ……っ！」

椎葉が指先に捕らえた茅島の頭が、するりと下がった。椎葉を避けているのかと思った。当然だ。男にこんなことをされてよがるような醜い人間から、触れられたいとは思うまい。

陰嚢の下から顔を下ろした茅島の舌先は、そのすぐ後に続いた双丘の間の窄まりに引っかかるように止まると、その皺を一本ずつ丁寧に舐め取るように動き始めた。

「ッ！　あ……茅島さん、だ、……駄目ですっ、あの……そこ、は……っぁ、！」

ちゅう、と唇を吸い付かせた茅島が、今度はその上に舌の腹を押し付けて唾液を口移しに含ませるように蠢く。

椎葉は、誰の目にも晒したことのない汚い部分を茅島に晒しているというのに、まるで性感が下がる気配もない自分に愕然《がくぜん》とした。

それどころか背徳的な戦きさえ覚えて自分の肩を掻き抱いた。

「先生、――力を抜いて。私の言う通りにして下さい」

茅島の濡れた声が双丘を撫で、椎葉の心を縛りつけていく。

どうせ抗うこともできない弱者なのだから――と、そう言われているような気がした。

茅島は顔を塞いだ腕の下で唇を齧んだ椎葉の蕾《つぼみ》に舌先を尖《とが》らせると、唾液に濡らしたその中へ潜り込ませた。

「――、……ッ！　ぅ、あ……っ！」

自分でさえ触れたことのないその内側へ茅島の侵入を感じると、椎葉は全身を粟立たせて仰け反った。

力を抜けなどと言われるまでもなく、背後を無理やりに押し広げられるとどうしようもなく体の力を奪われていくようだ。それを押し流されないようにと反射的に留まろうとすると、茅島の舌をきゅうっと締め上げてしまい、存在を否応《いやおう》なしに確かめてまたぶるりと震える。

茅島は戸惑うように収縮させた椎葉の足を支えた掌で腿の裏を撫で、双丘をなぞりながら舌を伸ばしていく。

「あ、……っく、ぅ……ン、茅……っま、さ……っ」

本来異物を受け入れるべきではない孔《あな》から、よりによって茅島の舌をねじ込まれて濡らされている。茅島も椎葉の薄い肉に包まれた双丘へ鼻先を押し付けて息苦しいだろうに、椎葉自身も知らない体内で舌先を蠢かせて、肉襞《ひだ》を逆撫でるように舐り続けた。

捕らえどころのない疼きに苛まれて、椎葉は自分の頭を掻き毟った。こんな目に遭わされてもまだ、自分は萎《な》えようともしてない。それどころか茅島の舌先が深いところを擽るたびに、ひくんと腰を揺らしてしまう。

まるで女が男を欲しがるような甘えた声が鼻から漏れて、それを堪えようとしても、齧み締めた唇が震えて、震えてどうしようもない。

「さあ、先生。――今度は、私が愉《たの》しませてもらおうかな」

唾液が滴るほど濡らされた双丘から顔を上げると、茅島は大きく息を吐いてソファの上に膝をついた。

椎葉の足が下がらないように片腕で足首を捕らえたまま、茅島が器用にスラックスを解いていく。身を起こした茅島の目前に、濡れた肢体を晒していることを耐え難いと思いながらも、椎葉は涙で濡れた腕の下から茅島の様子を窺い見た。

スーツを落とし、下着を脱いだ茅島の体をはっきりと見ることはできない。しかし、その中央に猛々《たけだけ》しく反り返っているものがあることだけはわかった。

これから何を強いられるのかはわかる。世間知らずでは法律家はやっていられない。それを禁じる法令を喚《わめ》くことだって、いくら酔っていても可能だ。こうなる前に、する気があればしていたはずだ。

それで茅島が行為を止めることはなくても、椎葉ができる限りの拒絶を口にすることは必要だった。でも、しなかった。

茅島は自身の腰に携えた怒張に手をかけて構えると、椎葉の背後に押し当てて上体を屈ませた。

捕らえていた椎葉の足首を離し、ソファに腕をつく。

椎葉は、息を詰めて目をきつく瞑った。自分が悪いのだ。茅島に今までの非礼をいくら詫びたって、口先だけで済むようなことじゃない。茅島はそんな世界の人間でもない。

こうして茅島から罰を受けていてさえ、自分の体は意思に反して悦《よろこ》んでさえいる。

ただ一晩、茅島の女の代わりになることで済むのなら安いものだ。

「っ、く――……う、……！」

ゆっくりと、茅島が腰を沈めた。

まるで内臓を押し上げられるような圧迫感に椎葉は奥歯を齧んだ。ねじ込まれる異物を押し返そうと、体が自然と拒絶を示しているのがわかる。それと同時に、椎葉の肉の蠢きに対して茅島の男根がビクビクと跳ねるように震えているのも。

「先生、力を抜いて」

茅島の苦しげな声が耳朶のすぐ傍で聞こえる。体に覆い被《かぶ》さった茅島の体温が、茹《ゆ》だるように熱い。全身を包まれるように塞がれながら、椎葉は声も出せずに首を振った。

「先生」

腰の骨が無理やり開かれて、肉が裂けるようだ。体が軋んで鈍い痛みが突き刺さってくる。どんなに茅島に命じられても、耐えられない。椎葉は背中を丸め、息を浅く繰り返しながら涙を溢れさせた。

「――先生」

その時、業を煮やしたように茅島が乱暴に椎葉の腕を引いた。顔を隠していた腕を簡単に取り除かれて、椎葉は息を呑んだ。

こんなみっともない顔を見られたくない。首を捻り、顔を逸らそうとする椎葉の顎を茅島の大きな掌が追ってきて無理やり唇を塞がれた。

「ンぅ……っ！　ふ、……っぅ、ン！」

いやいやと首を振る椎葉の歯列を茅島の舌が割り、乱暴に舐ってくる。強く顎を摑まれたまま口付けを強いられているのに、椎葉は一度覚えた茅島の舌に犯されると下肢が疼いてくるのを感じた。

嫌だ。

体を繋《つな》げたままでは、茅島に唇を吸われて体が反応していることを隠すこともできない。

茅島が、ぐっと腰を進めた。瞬間、先に茅島から解されていた体内の劣情を突き上げられて椎葉は寄る辺もなく茅島の背に腕を回した。

「ンん――……っ！　ン、ぅ……っンふ、ぅっ…ぅんン……ん……っ」

ひく、ひくと体が悦ぶのを止められない。

茅島から吸い上げられた舌を自ら伸ばして、茅島の唾液を夢中で飲み下す。茅島が何度も食みなおす唇に合わせて息をしゃくりあげると、裂けるような痛みに強張っていた下肢が、蕩《とろ》けていくようだった。

「ん、ぁ……っはぁ、ん……っ、！」

茅島が一度腰を引き、すぐにまた打ち付けてくる。

肌がぶつかる肉音を耳に止めると、茅島が自分の中に深く入り込んでいるのだということを客観的に知らしめられる。しかし茅島は深く打ちつけたはずの腰を更に突き上げると、椎葉の体内を抉るように揺らした。

「ひ、ッぁ……！　あ、……あぁ、あ……っぅんン……んく、ぅ……ッ！」

背筋に甘い痺れを覚えた椎葉が身を捩ると、茅島の唇が唾液の糸が引いて、落ちた。

茅島は椎葉の顎を摑んだ手を放すと汗ばんだ肌の上を撫で下ろし、腰を押さえてソファを揺らし始めた。
ギ、ギ、とソファの足が床の上を叩く音がする。それ以上に体内を突き上げる茅島の律動を感じて、椎葉は全身を引き攣らせた。
椎葉を穿《うが》つ拍子に上体を起こしてしまった茅島に縋《すが》る術をなくし、腕をさまよわせる。ソファの背凭れに指先が当たると、椎葉はそれを手繰り寄せるように捕らえて、自分を惑わせる浅ましい欲望を堪えた。

「ぃ、あっ……んぁ……っく、……ぅんっ……ンん、っふ、ぁ……！」

茅島が身じろぐたびに声が押し出され、熱の籠《こも》った息とともに溢れてしまう。それを抑えようと手を宛《あて》がうたびに茅島に遮られ、椎葉は自分が泣いているのか、それとも悶えているのかわからないような嗚咽《おえつ》を洩らして体を竦めた。

「先生、――ずいぶん、感じているようですよ。……ヒクヒクと震えて、私のものに絡み付いてくる」

腰を押さえた手で双丘を開き、更に奥へと怒張を埋めようとしてくる茅島が意地悪く囁いた。椎葉はそれから逃れるようにぶる、と首を振って見せるが、自分の肉を通して伝わってくる戦慄きは隠し通せるものじゃない。

茅島の男根が度量を増して椎葉の中に先走りを溢れさせるたびに、自分の体が波打ってそれを飲み込むのがわかる。乾いて乾いて、仕方がないのだというかのようにそれを欲しがって、茅島をもっと悦ばせようと締め付けて腰が揺らめく。

そのくせ、前からはまるで壊れた蛇口のごとく粘ついた先走りが滴って、茅島が力強く椎葉を貫くと、勢いよく飛び散った。もう吐精しているのじゃないかと思うほど白く濁って、椎葉は頰に自分の体液を浴びながら意識まで蕩けていた。

「……堪らないな、そんな顔をして……」

茅島が、大きく息を吐きながら小さく呟いた。かと思うと抱え上げた足を摑んで外し、深く埋めた腰を浅く引いて椎葉の体を反転させた。

「あ、……茅島、さ……っ、」

顔を隠す必要がなくなったのは良いことだが、体勢を変えられたことで妙な不安感が胸を過《よ》ぎった。しかしそれに気持ちを塞がれる間もなく、体内で角度を変えた茅島の男根に突き上げられて、椎葉は上体を崩した。

「ッ、――……！　は、っあ……あ、ンぅ……ん、っくぅ……あ、はッ……」

ソファに顔を埋めることができても、椎葉は声を抑えられずにくぐもった喘ぎを洩らして下肢を突き上げた。茅島が大きく腰を使って抽送するとぐちゅ、と濡れた音とともに自分の肉襞が熟れているのを知らされた。それを、――背後から、茅島が見下ろしていることも。

茅島は椎葉の双丘を両手で開くと、腰を突き出して容赦なく突き上げてきた。

「ぁあ、……っぁ、ン……んんっ、あ――……っひ、ぁ……っか……ま、さ……っあ、も、やめ……っだ、――……めっ、んぁ、あ……っ！」

ソファの上に立てた椎葉の膝が宙に浮くほど激しく突き上げる茅島の凶器に、椎葉は甲高い声を上げて全身を揺さぶられ、音をたてて体液を飛び散らせた。

これではまるで、獣の交尾のようだ。

どうしようもない劣情に理性を打ち棄《す》てて浅ましく腰を振り、肉の悦びに溺《おぼ》れている。

椎葉は茅島の指先が背筋をなぞり上げると、自分を背後から犯す犬の牙に震え上がって痙攣した。

「――……っぁ、……あ、……もう、っ……もう、っ――……！」

ソファの上に汗ばんだ額を押し付け、宙を蹴り上げる。

椎葉の訴えを受け止めた茅島が乱暴に椎葉を突き挿すと、どくんと大きな脈を腹の内に感じながら

椎葉は声もなく叫んで、ソファの上に精液を迸《ほとばし》らせた。

間を置かずに茅島の体液を注ぎ込まれた時には、椎葉は不毛な快楽に全身を引き攣らせながら意識を混濁させ始めていた。

「は、ぁ……っ、ふ……ぅ……ん、っ茅島、さ……もう、っ許してください……っ」

三階の窓に夜が白み始めている。

ベッドに移された椎葉は、まるで萎えることを知らない茅島の怒張の上で揺さぶられていた。

もう、自分の顔を濡らしているものが涙なのか、唾液なのか、精液なのかもわからない。涙だとすれば何の涙なのか、唾液や精液ならば誰のものなのか。椎葉が顎先を伝うそれを拭おうとする手すら茅島は許してくれない。

椎葉に許されていることといえば茅島に腕を回すくらいのもので、それも体位を変えられてしまえば叶わなくなる。

「許す？　――何のことです」

茅島の図太い男根に貪りついた椎葉の肉穴は幾度となく茅島の精液を注ぎ込まれて、ぬかるみのような卑猥《ひわい》な音を零している。それなのに茅島が大きく腰を引くとカリ首に引っかかり、出て行くのを引き止めるようでもある。それが椎葉の意思なのかどうか、椎葉自身にもわからない。

「もぅ、……っも、……無理、です……許して、……ください……もう、わか、っ……ぁ、わかりました、から……！」

膝の上に抱き上げられて貫かれながら茅島の腕に抱かれて肉棒を撫でられた椎葉は、萎えることもないまま精を吐き出すこともうできそうになかった。

一度茅島の男根で達してしまった後は、ベッドに運ばれて突き上げられるたびにあられもない嬌声《きょうせい》を吐いて、堪えきれずに何度も絶頂に達した。

茅島に笑われても仕方のない淫乱《いんらん》だ。

今でも、自分の体が許すならば少し腰を揺らめかせるだけで気をやってしまいそうになる。

「何がわかったって言うんです」

不意に茅島が椎葉の胸を突き放すと、椎葉は茅島の色が入った背中に回していた腕を解かれて、ベッドに倒れこんだ。

朝日が差し込み始めた部屋に、茅島の声が響く。まだその怒りが鎮まっていないように聞こえて、椎葉は首を竦めた。

「私が、茅島さんを……」

友人のようだと思い始めていたことが、間違いだったと。もうよくわかったから、許してほしい。

——でも、どうやって？

朝日を遮り椎葉の上にのしかかってくる茅島が、また怒張に力を増していることをまざまざと感じてどうしようもなく背筋を震わせている自分が、どうやって許されるのかわからない。

これからもずっと茅島の視線に怯《おび》えるようになるだろう。

それは茅島が悪いんじゃない。淫蕩《いんとう》な自分が悪いのだ。今後茅島の指先ひとつ、吐息ひとつに今夜の陵辱を思い出して体を疼かせるのは、自分で勝手に背負った罰にほかならない。

「――ン、っ……ぁ、んあっ……や、ぁ……やめ、……っ茅島さん……！　や、あっ……ぁあっ、あ」

ベッドを揺らして茅島が腰を突き上げ始めると、椎葉は結合部から茅島の精液を溢れさせて身悶えた。

体の芯《しん》が麻痺したように、自分の意思が利かず浅ましく捩れる。茅島に許しを乞《こ》いながら、もう吐精することも叶わない体を擦り寄せるように腰を揺らめかせてしまう。

「忘れられないようにしてやりますよ」

椎葉の肩を摑んで引き寄せた茅島が、熱の上った椎葉の耳朶に唇を押し付けて囁く。

一体、何を忘れられるというのだろう。

茅島を悪い男じゃないと思ったことも、自分が茅島に虐げられることを仕方がないと思うことも、茅島に犯されてどうしようもなく感じてしまう自分の体の浅ましさも、どれひとつとして忘れたくても忘れられないというのに。

「あ、っんぅっ……！　は……っあ、いや、……もう、やめ……っ茅島さん、ッ何か、……あっ、ん――……！」

椎葉の耳の孔まで舌の先で犯しながら、じゅぷじゅぷと卑しい音を響かせて腰を打ち付ける茅島にきつく抱き竦められ、椎葉は断続的に襲ってくる津波のような痙攣に息をしゃくり上げた。

「どうしました、……また、イキそうですか？」

耳もとの茅島が自分を笑っているように感じても、止められない。

もう出るものもないはずなのに、茅島の男根に体の奥を穿たれるたび頭がおかしくなりそうな衝動を覚える。

「ッ……！　はぃ……っ、何——何か……何か来……っや、ぁ……っもう動かないでくだ……さっ……もう、だ、め……——ッあ、……あ、ッ…ぁあ、あ……っ！」

得体の知れない絶頂感にいやいやと首を振りながら逃れようとする椎葉を追い詰めるように、茅島が律動を早めてくる。足を大きく開かせ、上から叩きつけるように深々と突き刺されると、椎葉は茅島の背中に爪を立てて仰け反った。

「茅島、さ、っ——も、許してく、……ぁ、ひ……ッぅ、っん、ん——……！」

大きく開いた唇から吐き出した懇願の声は、既に掠れていた。確かに絶頂に似た乱暴な快楽から突き落とされたような感覚はあるのに、精液は出てこない。ただ全身をどうしようもない痙攣だけが襲って、椎葉は恐れさえした。

頂から落ちた椎葉が震える息を吐き出してベッドに身を沈めると、その様子を笑った茅島がまた悪《いた》戯《ずら》に突き上げてくる。

「ひぁ、っ……ふ、ぁっぁあ、や……ッやめて、茅島さん、っ……何か、変な……」

椎葉が力ない腕で茅島を押し返しても茅島はやはりびくともしない。するはずがない。

もう一度、茅島が腰を揺らす。

「ンんぅ……っ！　あ、駄目です……っ茅島さん、もう、やめ……っ！」

もうイクこともないはずの体が、先よりももっと疼いてくるように感じる。もう出るものもないのに、茅島にもっとひどく貫かれたいような。背後の肉襞が擦り切れてしまうまで汚されて、息が止まるような絶頂に突き上げられたい——椎葉がその恐れに身を震わせた時、茅島が椎葉の顎を掴んだ。

「先生、こうなったらもう何度でもイケますよ。私が根元までハメるたびに堪らなくなるでしょう？」

濡れた睫《まつげ》をそろりと上げると、茅島の残忍な笑みがそこにあった。

どんな暴力よりも恐ろしく感じる、――快楽の罠《わな》だ。

「もう先生の体は女と同じです。私の体力が続く限り、絶え間なくイってイって、……私が欲しくて堪らなくなるはずだ」

罠にかかった獲物を茅島は嘲笑い、その唇で椎葉の舌を吸った。ゆっくりと腰を沈めて深くグラインドを始める。

「ふ――……っ、ぅん、ぅく……ぅ、ンむ、んん――……ッ！　ん、ぅ、っんン……！」

確かに茅島の言う通りだ。

椎葉は茅島が身じろぐたびにがくがくと体を震わせて乾いた絶頂を覚え、意識を手放しそうになっては茅島の突き上げで引き起こされた。

ただひとつ茅島の言葉が間違っているとすれば、椎葉は茅島に口付けをされただけでも十分、堪らなくなっているという事だ。

いつ見ても真新しく張り替えられている障子のむこうが、夕焼けを映している。

堂上会邸の広間には、どことなく緊張した幹部の面々が揃っていた。

「――佃《つくだ》さんのシノギの件ですが、先日改正した条例に抵触する恐れがあります。もう一度よく検討してください」

几帳面《きちょうめん》に纏《まと》められた各組の報告書を繰りながら、椎葉は眼鏡の中央を指先で押し上げた。

「先生、しかしそれじゃやってけませんよ。ウチだって遊びでシノギやってるわけじゃねえんで、」

広間の前方上手側から野太い声が上がる。名指しされていない組の長も一言二言、声を上げた。

以前の椎葉なら思わず怯《ひる》んだかもしれないが、もう慣れたものだ。

「逮捕者を出して公判にお金をかけるのとどちらが賢明か、各自ご判断ください」

椎葉がぴしゃりと言い放つと、どこからともなく唸るような声が聞こえた。

このところ堂上会の領地内《シマ》では、構成員ではないいわゆる半グレと呼ばれる無法者が幅を利かせているのだという。他組織とのしがらみも仁義もない彼らが好き勝手をするおかげでシノギはただでさえやりにくく、更には警察の締め付けまで厳しくなりつつある。苛立《いらだ》った組員によるトラブルも少なくない。

組から逮捕者がいくら出ようが、公判が多くなろうが、椎葉は忙しくなりこそすれ困ることは何もない。

かかる費用は堂上会から支払われるし、――何よりも忙しくなれば余計なことを考えないで済む。

「何にせよ言動にはくれぐれも注意して、当局につけ込まれないようにして下さい。条例の要点については、後ほどメールでお送りします」

報告書から顔を上げた椎葉が一同を見渡すと、部屋の末席で背筋を伸ばした茅島の姿が目に飛び込んできた。

ぎくりと体が強張って、慌てて顔を伏せる。

「以上です」

動揺を押し隠すように報告書を閉じ、堂上会長に会釈する。

隣で眠ったように静かに鎮座していた会長が長引いた定例会の締めの挨拶をしている間、椎葉の胸はずっと騒いだままでいた。

幹部組長に多少凄まれたところで冷静に対処できるようになったはずの椎葉が、茅島の姿が視界に入っただけで緊張してしまう。

茅島に無理やり抱かれたあの夜から、もう十カ月が経《た》とうとしている。定例会はほぼ毎月開かれたし、そのたびに茅島が律儀に送り届けてくれる。

ただし、会話なんてほとんどしない。

もう、以前のように楽しく話すことなんてできない。

茅島の目を見ればその下で痴態を晒した自分を思い出してしまうし、唇を見れば体の奥深くまで舐られた感触がよみがえる。指先も、広い胸も、茅島の髪の毛一本に至るまで椎葉にとってはあの晩を思い出させるのに十分すぎた。

茅島は、まるで何事もなかったかのような顔をしているのに。

現に今も、茅島は以前と変わらない落ち着いた表情で会長の言葉に耳を傾けている。まるで茅島を意識しているのが椎葉の方だけのような気がしてきて、椎葉は伏せた睫毛《まつげ》を微かに震わせた。

「弁護士先生ってのは、どこの条例が変わっただのなんだのと全部把握してるものなんですかね」

会長が挨拶を終えて広間を退席すると、すぐに畳を立ち上がった能城が声をかけてきた。

あまり芳しくない報告の多かった定例会の後にも陽気な声をあげているのは能城くらいのものだ。あるいは声が甲高いせいでそう聞こえるだけかもしれない。

「ええ、それが私の仕事なので」

椎葉は丁寧に綴《と》じられた報告書を鞄《かばん》にしまってから、能城の青白い顔を見上げた。

「さすがですね」

そう言って——何が楽しいのか知らないが——笑った能城の表情は、椎葉の目には下卑《げび》たものに見える。

頰が引き攣って、もともと細い目が吊り上がって糸のようになる。楽しくて笑っているというよりは、椎葉を嘲笑《ちょうしょう》しているようにも感じてしまう。

能城の笑い方には、未だに慣れることが出来ない。

「先生」

椎葉の前を塞ぐように長身をぶら下げている能城の顔を見上げた椎葉がうんざりした気持ちを眼鏡の奥に押し隠していると、茅島の声が響いた。

思わず、そちらを仰ぎ見る。

これから始まるだろう能城の長話から救ってくれる声だからだと、自分に言い訳をしながら。

「お車回しました」

茅島はやはり以前と変わらない声で言って、各組長たちが退席する和室を上座まで遡《さかのぼ》ってくる。

その視線が椎葉を向いていた。当然のことなのに、椎葉は胸の奥が疼くような気持ちがして顔を伏せた。

「弁護士先生、どうです、この後、一杯付き合いませんか。うちの店にいい娘が入ったんですよ。フィリピン女なんですがね」

あるいは椎葉が顔を伏せたことをどう受け取ったのか、能城が茅島を遮るように椎葉の前に回り込んで口元で盃を傾ける仕種を見せた。

能城が現在抱えている組で手広く経営している飲食店は危ういところが多い。就労ビザを持っていない女性がいることなんてざらだし、警察に踏み込まれたらひとたまりもないくせに、派手な営業を展開するから危なっかしくて見てられない。

しかし今、それを指摘したら棘《とげ》のある言葉になってしまうだろう。椎葉は喉《のど》まで出かかった言葉を飲み込んだ。

「どうです、今夜の連れにでも」

能城がまた下卑た笑い声を上げた。甲高い声が耳に障る。

少なくとも能城の経営している店は性を売り物にしているわけではないはずなのに、そこの従業員を好きにしていいと言われること自体不快だ。

そういう接待は苦手だと説明したこともあるが、能城は「でも弁護士先生だって男でしょう」と言ってやはり今のように笑った。

とてもじゃないが、能城の用意した女性とそんなことをする気にはならない。

そんな、――茅島に強いられたようなことを。

椎葉は体の芯にどっと突き上げてくる熱を不意に思い出して、息を詰めた。

能城の背後から茅島がこちらを窺い見ているのかもしれないと思うと、身の内が震えるようだ。

目的はともかくとして椎葉を同じ男性として歓楽街に誘おうとする能城を不快に感じて、どうして茅島に嫌悪感を抱かないのかはわからない。

例えば椎葉の体を組み敷いたのが茅島ではなく能城だったら、椎葉は舌を齧み切ってでも能城を刺してでも、その行為から逃れただろう。

そもそも相手が茅島だったから油断があったのだと、悪かったのは自分だったのだと思えて仕方がない。

「……今日は事務所に仕事が残っていますので、また、次の機会にでもお誘いいただけますか」

椎葉は眼鏡を直すふりをして密《ひそ》かに震える息を吐き出した。手に、能城の骨ばった指が伸びてくる。

「先生」

目を瞠ると、能城の顔が目の前に迫っていた。狐《きつね》のような顔だ。思わず椎葉が身を引いて畳の上を後退《あとずさ》った時、椎葉を捕らえようとした能城の手を弾くものが横切った。

顔を上げると、能城の背後で椎葉を窺っていたはずの茅島が椎葉の傍らまで来ていた。

「っ、!」

息を飲んだのが椎葉か、それとも能城なのかはわからない。

茅島さえその気になれば、能城の痩《や》せ細った姿なんかよりも茅島の筋肉質な体軀の方がよほど、頼もしく見える。いつもは茅島がそうと見せないように気遣っているだけに過ぎない。

事実、能城の手を弾き落とした茅島が顎先を上げて能城を見下ろすように視線を向けると、能城は萎縮したように咽喉を上下させた。

「茅島、何の真似だ？」

広間に残った他の人間が、こちらの様子を何事かと窺っている。それを背中に感じ取っているように、能城が歯軋りをして茅島をねめつけた。

能城は堂上会長の信頼も篤い若頭だ。直系で一番頭に立つ相手に、茅島がそんな非礼を働いていいはずがない。しかもこんな公衆の面前で。

椎葉はこの場を取り繕おうと唇を開いたが、何も出てこない。

能城が自分に、何をしたわけでもないのだ。まだ触れられたわけでもないし、ただ顔を覗き込まれただけだ。それも、不快感を覚えたのは椎葉の勝手な主観によるもので能城には大した意味もない。

「気安く触れないでいただきたい」

低く唸るような声に椎葉が茅島の顔を振り仰ぐと、眸が光っていた。獰猛な牙が垣間見える。

苛立ちを露にさせた能城とは対照的に、茅島は眉ひとつ動かさずにただ鋭い眸で能城を見据えている。

ともすれば椎葉を背後に回すように能城の前に出た茅島の背中は大きく、楯突《たてつ》いてはいけない相手に対峙しているという躊躇《ちゅうちょ》を微塵《みじん》も感じさせない。

「は、……野良犬が大きな口を叩くな。いつから弁護士先生の番犬になった」

茅島の威圧に虚勢を吐くように能城が笑い声を漏らすと、茅島が椎葉の腕を摑んで引き寄せた。どこか空虚な能城の笑い声を横目で一瞥した茅島が、廊下に向かって爪先を向ける。

「番犬？　そんな大層なものではありません。大事な人の視界を煩わせる蝿《はえ》を追い払っただけです」

茅島は能城を笑い飛ばすように小さく鼻を鳴らすと、静かにそう告げて椎葉の腕を引き、部屋を後にした。

茅島の背中を見上げた椎葉が、残った人間に挨拶する暇も与えずに。

スモークを貼られた窓の外を、夜景が流れていく。

さっきまで夕焼け色に染められていた空はすっかり夜の帳《とばり》を下ろして、街はまるで宝石箱をひっくり返したようなネオンに彩られていた。

道行く人は皆、分厚いコートを着けている。冬は一日が瞬く間に過ぎて行くようだ。

椎葉も仕事に忙殺されて一ヶ月が一日のようにも感じられるのに、毎月一回訪れるこの時間だけはやたらと時間が遅く感じる。

いや、丁寧な運転に揺られている間はまるで時が止まっているかのように永いのに、挨拶もせず車を降りた後は、まるでさっきまでの時間が一呼吸分のことに過ぎなかったのではと思う。

しかし、さっきの言葉は未だに椎葉の胸で鈍い痛みのように燻っていた。

大事な人、などと。

ただの戯言《ざれごと》だ——そう思うのに、茅島の声が耳にこびりついて離れない。

能城に楯突くような真似をして平気なのかと尋ねたい気持ちはやまやまなのに、もう何ヶ月も茅島とろくに口をきいていないせいで話しかける勇気が出なくなっている。

椎葉はカーエアコンで乾いた車内の空気を湿らせるように、小さく息を吐き出した。

後部座席に座った椎葉を、運転席の茅島が何度もバックミラー越しに窺っていることには気付いている。

いっそのこと茅島から口火を切ってほしいという気持ちと、このまま今日も何も話さないまま無事に帰りたいという気持ちがないまぜになって、椎葉は唇を齧んだ。

この先ずっと、何年も何十年も、永遠に、茅島とはこんな風に言葉を交わせないままなのだろうか。そもそも茅島が椎葉の馴れ馴れしさを面白くないと感じるなら、茅島が送迎する人間を別に用意していれば済むはずだった。何も、あんな方法で思い知らされなくても。

タクシーだって電車だって、椎葉にはいくらだって帰宅する手段はある。それなのに今月も椎葉が送迎に甘んじているのは、茅島の面子《めんつ》を保つためだ。茅島は会長に椎葉の世話を命じられているのだろうから、それを拒めば茅島の不手際になりかねない。会長に確認したことはないけれど、たぶん、きっと、そうだ。

それなのに茅島が能城にあんなことを言うなんて、どうかしている。

能城の手から防いでくれるにしたって、もっと他にいくらでも言いようがあったはずだ。

椎葉は露骨に窓の外を眺めるふりをして、のぼせたようになった頰を冷たい車窓に押しつけた。

「先生、どこかでお茶でも飲んで行きますか」

通行量の少ない深夜の幹線道路で、赤信号に停車した茅島が静寂をそっと押し遣るように口を開いた。

まるで、一年前と同じ口調で誘う。

椎葉の胸が、ぎゅっと苦しくなった。

一年前の椎葉だったら一も二もなく肯いていただろう。茅島はお茶だなどと言いながらも酒の旨い店にハンドルを回して、椎葉にだけをそれを勧めて自分は——また代行を呼ぶなんて言いながら結局呼べずに、言葉通りお茶で済ませたかもしれない。

気を使わせて申し訳ないと詫びる椎葉に、茅島は気にしていませんと笑って手を振りながら。

もう、あんな風には過ごせないのなら。

「……いいえ、結構です」

充分な間を置いて、椎葉は答えた。

茅島が何を考えているのかわからない。あるいはあの晩のような行為を望むのなら、さっさと椎葉を送り届けてどこかに女を探しにでも行けば良い。茅島となら、喜んで身を寄り添えたいと思う女はいくらでもいそうなものだ。

彼自身が言ったのだ。一晩限りの女になら困ったことはないと。

もしかしたら、椎葉もそのうちの一人に数えられているのかもしれない。そして彼は椎葉を抱いたこと自体、忘れているのかも。

だったら、出まかせでも大事な人だなどとは口にするべきでないのに。茅島は誰にでもそんなことを言っているのかもしれない。

そう思うと、目の前が真っ黒く塗り潰《つぶ》されたような気持ちになるのと同時に、そんな男の些細な言葉のひとつひとつをまるで昨日のことのようにすべて覚えていることが恨めしい。

椎葉を高潔だと言ってくれた茅島の声も、火傷《やけど》しそうなくらい熱い腕の中に閉じ込められて貫かれながら夜通し耳もとで囁かれ続けた声も、忘れたくても忘れられずにいる。

「私はちょっと喉が渇いたんですがね」

車をゆっくりを発進させながら、茅島が嘯《うそぶ》く。

それとも、まだ椎葉のことを許していないつもりなのか。これ以上椎葉にどうしろと言うのだろう。

助手席に座ることもやめたし、無駄口も叩かない。

茅島に迷惑をかけるようなことは避けているし、もう心を許せる相手だなんて思いも封じた。

それでも茅島は悪い男ではないと思い続けていることが、茅島には許し難いことだというのか。

自分を蹂躙《じゅうりん》した男を悪い人ではないだなんて、普通なら考えないはずだ。茅島だってそれを望んであんな行為に及んだのかもしれない。

だけど、どうしたって悪いのは椎葉だ。

自分は男だというのに、茅島に嘲笑われながら身も世もなく快楽を感じてしまった肉体《からだ》を今でも恥じている。

椎葉は眼鏡の表面に映って過ぎ去っていく窓の外の景色から目蓋を伏せて、小さく息を吐き出した。唇から零した自分の息が震えているように感じる。

あれ以来、暫《しばら》くの間茅島の香りが残るベッドもソファも、椎葉は自分の理性を侵すもののように思えて処分してしまおうかと何度も思った。

でも結局、クリーニングを施したままで今も部屋の様子は変えていない。

半年以上も前の行為の残り香が、もう残っているはずもないのに時折幻のように茅島の香りを思い出した。

それは椎葉を騒然とさせて、逃れようとしても茅島の手に絡め取られるように、椎葉は何度か自室で自慰に耽ってしまった。

馬鹿げている。

自分を女の代わりにした男のことを思い出して自分を慰めるなんて、正気のことと思えない。

椎葉がこんな風だから、茅島も怒るのだ。もういっそ茅島の目の届かないところまで逃げてしまえたらどんなにか良いだろう。

茅島の運転する車が、アスファルトを擦るようにタイヤを曲げて曲がり角を入った。

我に返った椎葉が窓の外へ焦点を合わせると、もう自分の事務所の目の前だった。今日もやはり、到着してしまえばもう着いてしまったのか、と心が締め上げられるように感じる。さっきまではあんなに息苦しい時間を永く感じていたのに。

茅島がブレーキを踏んだ。

椎葉は不甲斐《ふがい》ない自分の態度を悔やみながら、それに歪《ゆが》んだ表情を茅島から伏せて鞄を取った。

有難うございますとも、お休みなさいとも、挨拶の言葉が咽喉の奥まで出掛かっては止まる。どう声をかければ茅島に許されるのかわからない。

結局無言のままドアーを開くと、車外の冷たい空気が吹き込んできた。

車内を顧みると、確かに茅島の咽喉が渇いたというのも肯けた。カーエアコンを回した車内はひどく乾いている。

椎葉は自分の口内を潤すようにひとつ唾を飲み込むと、急いで車外へ足を下ろした。

「——……少し、待っていてください」

自分を奮い立たせて漏らした声は、呟きにしかならなかった。もしかしたら茅島には聞こえなかったかもしれない。聞こえなかったら聞こえないでも構わない。

それでも椎葉はドアーを閉めると、今しがた通り過ぎてきた道の角に設けられた自動販売機まで足早に引き返した。

こんなことで許されることではないとわかっていても、椎葉が茅島に今できることといえば、これくらいだ。

急に冷やされた指先がかじかんで、鞄を開こうとする手が震える。茅島は椎葉よりも体温が高いのに、あんなにエアコンを利かせてくれたのは椎葉のためかもしれない。おかげで椎葉は温かく過ごすことが出来たが、もしかしたら茅島には暑かったのかもしれない。

また迷惑をかけてしまった。

椎葉は焦るあまり余計にもたついてしまう手を叱咤《しった》しながら財布を取り出して、販売機に小銭を投入した。

冷たいコーヒーの下に点灯したボタンを椎葉が押し下げた時、車のドアーが閉じる音がした。

「先生、」

茅島が車を降りて、椎葉と同じ道を引き返してきた。

自分がもたもたしていたせいで、また茅島に気を使わせてしまったか。そう思うと気持が塞いで仕方がない。

これ以上茅島に自分の不器用さを悟られることは、耐え難いのに。

「……喉を乾かせたのは私でしょう」

椎葉は駆け寄ってきた茅島から顔を隠すように、缶コーヒーを落とした取り出し口に屈み込んだ。

夜半の風が吹き抜けて、どこからともなく響いてくる車の往来の音に、椎葉の声は掻き消されそうだった。

早く缶コーヒーを茅島に押し付けて、自分の部屋に入らなければ。

茅島のいないところへ逃げ出してしまいたいと思うくせに、いつも椎葉の足は竦んだように動かなくなってしまう。

茅島の送迎が迷惑だと思うなら、茅島の車に乗り込まなければ良いだけなのに。

自分が茅島をどう思いたいのか、わからない。

「先生に金を払わせたなんて知られては、親父にどやされます」

茅島を前にして緊張したような椎葉を笑うように、茅島が椎葉の俯《うつむ》いた顔を見下ろしている。椎葉は、外気に冷えた眼鏡の弦を押し上げながら顔を上げると、茅島を仰いだ。

「そんなこと、言わなければわからない」

あの晩に強いられたことも、会長に報告すれば椎葉は茅島から逃れることが出来るだろう。

茅島だって、椎葉の無礼を口に出せば椎葉の面倒を見ずに済むはずだ。

だけど椎葉は茅島のしたことを口にはしないし、茅島も椎葉を誰に預けようともしない。

だから、今こうしてここに対峙している。もしかしたら理由なんて、単純にそれだけなのかもしれない。

「私は、先生とお茶が飲みたかったんですが」

茅島が不意に腕を伸ばすと、椎葉が背後に回した自動販売機に手をついた。

獲物に襲い掛かる犬が前肢《まえあし》を遣うようなその動きに、椎葉は思わず肩を震わせた。その次の瞬間に、それを茅島に悟られるのが怖くなって目を背ける。

熱っぽくなった自分の淫《みだ》らな体に何度ものしかかってきた、茅島の姿を思い出してしまいそうだ。

椎葉は唇を翳むように口を噤んだ。

「私にも一杯、奢《おご》らせてください」

茅島が椎葉の背後で自動販売機をノックする。緊張した椎葉をあやすような口振りだった。

「何になさいますか」

スーツの小銭を隅々まで探りながら掌に取った小銭を広げて摘み上げ、販売機に投入する茅島の姿は、どうにも似つかわしくない。

彼にはこういう気負わないところがある。

能城だったらせいぜいコンビニエンスストアまで車を引き返して、飲料の棚を一通りなぞってカードで支払いを済ませてくることくらいはしそうなものだし、それがやくざ者の買い物だと堂上会長でさえ笑うだろう。

それなのに、茅島は違う。

その広い背中を丸めて無骨な指先で十円玉と五円玉を選《え》り分けながら一枚ずつベンダーに押し入れていく。

高級外車を乗り回す厳《いか》つい男の姿じゃない。

――これだから、茅島が悪い男じゃないと思えて仕方がない。

親しみを覚えてはいけない相手だってあんな形で思い知らされたっていうのに、どうしても、胸をざわつかされる。

「先生」

模擬商品の下にいくつものボタンが点灯した自動販売機から身を引いた茅島が椎葉に勧めると、椎葉は無言で爽《さわ》やかな柄の乳酸菌飲料を選択した。

茅島がこんな風に自動販売機でご馳走《ちそう》してくれるというのに、自分ばかり気取っていたって仕方がない。

椎葉は小さい時分から好きな缶ジュースを取り出し口から抜き取ると、冷えた掌に握り締めた。

「では、頂きます」

茅島がその場でプルタブに指を掛けながら缶を軽く掲げると、椎葉は薄く唇を開いて、――躊躇した。

こんなことを言っては失礼だろうか。

でも、こんなことで風邪をひかれても困る。

言い淀《よど》んだ椎葉に茅島が視線を向けた。なまじ茅島の体温など知らなければ、その視線に熱を覚えることもなかったはずなのに。

茅島の熱さえ知らなければ、夜風をこんなにも冷たいとも感じなかった。そんなのは、椎葉の都合に過ぎないけれど、でも。

「こんな路肩で悠長に飲んでいたら、……体が冷えます」

椎葉は足元から上がってくる震えが寒さのせいなのか、それとも自分が茅島に何かを期待しているせいなのか、わからなくなっていた。

椎葉を見返した茅島の視線から逃れるように、踵を返す。

手の中の缶が冷たくて、耐えられない。

「――上がって行ったら良いでしょう」

胸を締め付けられるような緊張感を吐き出すように告げると、椎葉は逃げるように事務所のビルに足を向けた。茅島がそれについて来るか来ないか、足を止めて確認するような勇気はもう残っていない。


あの晩以来初めて自室に上がった茅島は冷たい缶コーヒーを舐めるように飲みながら何度も言葉を探すように口を噤んだ。

茅島らしくもない。そう感じながら、同じソファに座れずにいた椎葉もまた、何も言い出せないまま手の中の缶が室温と同じほどまでに温かくなり始めていた。

今度、咽喉の渇きを覚え始めたのは椎葉の方だった。

飲み物を手にしているのに咽喉が渇くだなんておかしな話だが、手の中の缶を何度傾けても咽喉が乾いて仕方がない。そのくせ手の中の缶が空になったら茅島が帰ってしまうのではないかという恐れにも似た気持ちに苛まれて、好きで選んだはずの飲み物をうまく嚥下できない。

送迎の車中と同じだ。今、この瞬間をひどく永く感じるのに、終えたくはないと感じている。

茅島をこんな風に家へ招くことも、茅島の気分を害しているかもしれないのに。

だとしたらどうして、茅島はここまでついて来たのだろう。椎葉の非礼を責めてなお、どうして。

「——先生」

ダイニングテーブルに設けた椅子《いす》に座った椎葉から視線を伏せたまま、茅島は三階に上がってから三十分後、ようやく口を開いた。

手の中の缶を覗くように俯いて、溜息混じりに。

椎葉は過敏に、茅島を振り向いた。胸が叩きつけるように強く打っている。

「どうして私を部屋に上げるようなことを？」

指先に提げるように持った缶を、茅島がゆっくりと目の前のガラスの天板へと預けた。

静かな部屋に響いた金属の音は、茅島の手の中の缶が空になったことを椎葉に伝えた。胸が、締め付けられるようだ。

「茅島さんが風邪をひいては、いけませんから」

我ながら下手な答弁だと思った。

風邪の心配をするくらいなら、車に戻って飲むように勧めればいい。

椎葉はわからなくなった。茅島に自分の非礼を許されたいのか、――それとも、まだ責めて欲しいと思っているのか。

その可能性を思うと、椎葉は背筋がぞっとした。

人の怒りを進んで買って、罰を受けることを欲しがるなんて。どうかしてる。巻き込まれる茅島にとっては迷惑な話だ。

椎葉は慌てて顔を上げると、茅島に詫びようと口を開いた。

その瞬間、茅島がソファを立ち上がった。

「――……っ、」

帰ってしまうのか。

懲りずにこんなところまで招き入れたりして申し訳ない、そう詫びるつもりで開いた口を、茅島が実際に帰ろうとすると躊躇してしまう。

椎葉は自分の愚かしさに歯齧みをすると、まるで泣き出したいような衝動に襲われて顔を伏せた。

肩を竦めて、温くなった缶をテーブルに押し遣る。

「まさか、忘れたわけじゃないでしょう」

静かな声で茅島は続けながら、ゆっくりとダイニングテーブルに歩み寄ってきた。

大きな体軀が部屋の照明を遮って、椎葉の上に影が落ちる。椎葉は、唾を飲み込んだ。

「……それとも本当に、なかったことにしようと思ってるんですか」

なかったことに？　何のことだ。

椎葉は茅島の言葉の意図を測りかねて、恐る恐る近付いてくる影を仰いだ。

茅島は眉を寄せ、双眸を細めていた。怒っているようには見えない。むしろ、悲しみを湛《たた》えているようにも見える。

——まさか茅島が、そんな表情を人前に晒すとは思わなかった。

思わず息を飲んだ椎葉の肩に、茅島が腕を伸ばす。

「っ……！」

ビク、と再び椎葉の身が大きく震えてしまった。今度こそ、隠しきれない。

乾いた指先からはじわじわと体温が流れ込んでくるようで、椎葉は顎を埋めるように顔を伏せた。

茅島の表情を見ていては、気が変になってきそうだった。

まるで、——視線で口付けでもされているようで。

あるいは、心の奥底まで、あの淫らな舌で嘗《な》め回されそうで。

「……ッ、」

そう意識した瞬間、ただ点として触れられているだけの指先から椎葉の体が戦慄いてくるようだった。

この指に何度も体の奥底を抉られ、全身を痙攣させるような目に遭ったことを思い出してしまう。たった一夜のことなのに、それは椎葉の体に深々と刻み込まれた罪のような、――快楽だった。

「忘れられないようにしてやると申し上げたはずです」

指が食い込むほど、強く摑まれて顔を顰めた椎葉がもう一度茅島の顔を見上げると、茅島の表情は静かなものに変わっていた。

ただの見間違いかもしれない。

「忘れてなんて、いません」

忘れられるものか。

茅島こそ、もう忘れたものかと思っていた。何事もなかったかのように定例会への迎えに来た時から、もうずっと茅島の中ではあれは何でもなかったことなのかと。

「ではあなたは、また私に襲われても仕方がないということになりますよ」

肩が外れそうだ。椎葉は茅島の熱い掌に摑まれた肩を捩って、顔を深く俯けた。茅島の吐息が近付いてくる。

「そんなのは、理に適《かな》っていない」

茅島の腕に手をかけ、引き離そうともがく。椅子を立ち上がって身を引こうとすると、茅島が足を踏み出した。

「では、どうして」

茅島が椎葉の顎に手を伸ばすと無理やり顔を仰向《あおむ》かせた。勝手な男だ。茅島を眺めるも眺めないも、椎葉の自由であるはずなのに。

仰いだ茅島の表情は、苦しげに見えた。

どうしてそんな顔をされているのか、わからない。

自分が今どんな顔をしているのかも。

「茅島さんこそ、どうしてあんな事——……っ」

椎葉を責めるつもりなら、もっと他に方法はあったはずなのに。

茅島の力をもってすれば、椎葉の非力を思い知らせることなどどんな形でも可能だったはずだ。何も、あんな爛《ただ》れた方法じゃなくても。

「——本当におわかりにならないんですか」

唇を齧んだ茅島が、唸り声を上げるように呟いた。

椎葉の顎を摑む指先が、心なしか震えているように感じる。

わかりません、と答えることも躊躇われた。まるでそれを理解しない椎葉に罪があるようだ。それほど茅島の表情は切羽詰って見える。

「わからないなら、……わからせて差し上げますよ」

茅島の表情に影が落ちた。いや、陰ったのは自分の方か。

椎葉の顎を引き上げた茅島の唇が近付いてきて、椎葉は小さく声を上げると寸でのところで首を捻った。

これでは、また同じように蹂躙されるだけだ。

椎葉は床を蹴って背後に退きながら茅島の拘束を逃れるように身を捩った。

「どうして、きちんと説明してくださらないんです、っ……！」

腕から逃げ出した椎葉の手を摑んで、茅島がまた乱暴に引き寄せようとする。

悔しさがこみ上げてくる。力では敵《かな》わないことなんて、こんな風にするまでもなくわかりきっていることなのに。茅島は椎葉に惨めさだけしか与える気がないのか。

茅島の力を振り払おうともがいた椎葉が、床の上で足を滑らせた。その場に崩れ落ちそうになった椎葉の腕を茅島が引き上げる。まるで、足を痺れさせた椎葉を助けてくれたあの日のように。

しかし茅島は引き上げた椎葉の体を自分の胸の中へ強引に抱き寄せると、間を置かずに椎葉のスーツの上を熱い掌で弄る。

「先生、抵抗しないで下さい。――私はもうあなたに、酷《ひど》いことをしたいと思っていないんです」

言っていることと行動が伴っていない。

茅島の掌は椎葉のシャツをたくし上げて素肌を撫で上げながら、懇願するかのような呟きを耳朶に押し付けられている。

「だったらどうしてこんな、っ……！」

茅島に摑まれた腕を振るいながら椎葉は唯一自由になる頭を振って歯齧みした。

叶わないことなのだとしても、自分が望むことはただひとつだ。ただ、茅島と以前のように心を寄り添わせて友人のように接したいというだけなのに。それなのに、茅島に胸の上を指先で摘み上げられると体の芯が震え上がってしまう。

自分のほうこそ、気持ちと体が伴っていない。

茅島は椎葉にとって特別な相手だった。

尊敬に値する人物だと思ったし、親しくなれたらどんなにかいいだろうと思っていた。

それなのに、こんな劣情に流されてしまうなんて、自分が情けない。悔しい。

「ひ、っ……ぅ、——……く、」

深く俯いた顔から、涙が滴り落ちて止まらない。

茅島に抱え上げられるように捕らわれてその場に崩れ落ちることも出来ない椎葉の腰に、茅島の掌が降りてくる。

スラックスを開かれたそこには茅島の手で隆起させせられた男根が顔を覗かせていて、指先でなぞられただけで、椎葉は腰を突き出すように揺らめかせて床の上の足を震わせた。

どうして友人のようになりたいと思う男にこんな風に弄ばれて、自分の体は卑しく反応してしまうのだろう。

「先生」

耳朶に寄せられた茅島の声が絞り出すように低く、まるで茅島も自分と同じように、泣いているように感じる。

「私は他に方法を知らない」

壁に手をつくことも、他に支えてくれるものもない部屋の一角で椎葉は茅島の腕にぶら下がるように膝を綻《ほころ》ばせながら、茅島の手に扱《しご》き上げられた肉棒を濡らしていた。

食い縛った歯の奥からは嗚咽と嬌声が途切れ途切れに漏れて、椎葉は茅島の暗い呟きを耳に止めるので精一杯だった。

「先生、どうか許して下さい――」

まるで懺悔《ざんげ》するような茅島の呟きが発せられた瞬間、椎葉は茅島の掌を精で汚していた。

二日前に出廷した刃傷事件での法廷記録が、椎葉の目の前を素通りして、消えていく。

堂上会の構成員によるトラブルは案の定あらゆるところで火種を生み、このところはトラブルに次ぐトラブルで大忙しだ。

椎葉は望んだ通り民事訴訟から刑事訴訟へと追い立てられ、この二ヶ月間は定例会もない。

まあこの程度のトラブルは暴力団ではよくあることですよ、というのは能城の言葉だ。

逮捕された構成員の面会報告に邸に上がった際に、彼の長話に捕まってしまった。

うちの組にはそんな不始末はありませんがね、と長々話を聞かされている間、椎葉はいつまた茅島が現れるかと気が気じゃなかった。

茅島でなければ能城の長話を断ち切ることはできないし、椎葉が能城に捕まっていれば茅島はいつも助けに来てくれた。

だけどその日はいつまで経っても茅島は現れなかった。

当然のことだ。

茅島にだって自分の組事務所があり、いつも邸にいるわけではない。それに、そう何度も能城に刃向われても困る。

茅島がすることなど椎葉の知ったことではないかもしれないけれど、やはり、気が気じゃない。

結局、強引に食事に誘われるのを何とか断り続けているうちに能城に急な電話が入ったおかげで難を逃れたが、ついぞ茅島が現れなかったことにほっとするような、どこか寂しいような気持を覚えたことに椎葉は自分でも苛立った。

まるで、自分が困っていたら茅島がどこからともなく助けにきてくれるヒーローのようにでも思っているのだろうか。

だとしたら、気でも違ってるとしか思えない。

茅島が椎葉を助ける義理なんてない。

一度ならず二度も茅島の前であんな痴態を曝《さら》した男なんて、友人とさえ思えないはずだ。

いくら紙面を目で追ってもまるで内容が頭に入ってこない法廷記録をまた最初からめくり直しながら椎葉が無意識に溜息を吐いた時、椅子の軋む音とともに冷たい、無機質な声がした。

「所長」

顔を上げるとまるで作り物のように表情のない安里がこちらを向いて立っている。

「訴状の確認をお願いします」

「ああ、……ありがとう」

身の入らない頭を振って、眼鏡の下の目頭を摘む。

もう一方の手を差し出すと、安里が無駄のない動きで椎葉のデスクまでやってきて、机上に書類を置いた。

安里はよく働く事務員だ。物覚えもいいし、仕事も早い。法律の仕事に携わったことがないと言っていたが、よく勉強もしているようだ。

しかし彼が口にすることと言えば必要最低限の決まった言葉だけで、ともすれば一日のうち朝の挨拶と退勤の断わりくらいしか聞かない日すらある。

仕事に没頭してしまうと他のことをまるで考えられなくなる椎葉にはうってつけの従業員ともいえ

るが、三年間働いてきて天気の話ひとつ、したことがない。

椎葉のもとで働くことが不本意なのではないかと考えたこともあったが、肯定的な感情も見せない代わりに、彼の表情には不満の色さえ見えない。まるで、作り物の人形のような完璧な無表情だ。疲れたそぶりも、その日の体調すら窺えた試しがない。

「安里くん」

呼びかけると、振り返る首の角度さえ厳密に決められているのじゃないかと思えるほどいつも同じ仕種でこちらを向く。

「いい加減、その所長という呼び方はやめてもらえないかな」

椎葉と安里しかいない事務所だ。

職業柄、暴力団関係者以外の依頼人もいないし客人もほとんどない。所長だなんて大袈裟《おおげさ》すぎる。

「――……」

ガラス玉のような安里の目が、椎葉を射抜く。

多少なりとも場が和めばいいという気持ちで言ったことだが、まるで暗い空洞にでも向かって独り言でも吐き出したかのような気持ちにさせられる目だ。

その不気味な気配に気圧されて椎葉が撤回の言葉を口の端に乗せようとした時、安里の唇が震えるように薄く開いた。

「あなたは所長です。茅島さんが、そう決めたので」

――茅島。

安里の冷たい声でその名前が紡がれた瞬間、反対に椎葉の体がかっと熱くなるのを感じた。

　安里は茅島が用意した男だ。

　口の堅い、事情をわかっている男を用意したんだろうとは思っていたが、彼らの間に何らかの関係があることだって十分考えられる。

　例えば――茅島と椎葉の間にあったような、何かが。

　言葉を失った椎葉をよそに、安里は元通り自分の机に向かって自分の仕事を再開させている。椎葉は目の前の法廷記録も、確認を頼まれた訴状を読むこともできないのに。

　茅島がそんな事をするような男じゃないなんて言いきることはできない。現に、椎葉に対して理由もわからないままあんな行為に及んだのだから。

　あるいは安里ならば、茅島があんなことをする理由がわかるのだろうか。椎葉が世間知らずだからわからないだけで。だけど安里の口からそれを聞こうとは思えない。まして、椎葉がされたことを話す気にもなれない。

　気付くと、息が浅く、短く弾んでいる。

　茅島が椎葉に行ったことを、他人にも容易く行っているのだろうなどということは容易に想像できる。今まで考えなかったほうがおかしいくらいだ。

　どうしてあんなことをするのかは知らないが、理由があればするのだろう。

　茅島の唇も、指先も、囁きさえすべて慣れたものだった。何もかも初めてだった椎葉とは違って。

　そんな彼がどうしてあの夜、椎葉に許しを乞うようなことを言ったのかわからない。

　あんな苦しげな声で、茅島の大きな掌を浅ましい劣情で汚してしまったのは椎葉のほうなのに。

「あ……の、安里くん――……」

貼りついてしまったような喉から無理やり声を絞り出すと、安里は再び決まったような角度で椎葉を振り返った。

何を尋ねるつもりか、自分でもわからない。

茅島とは一体どんな関係なのか。

その問いかけは、そのまま自分に跳ね返ってくるようでもある。

茅島と友人であるかのような錯覚を覚えていた。だけどそれは茅島にとっては違ったんだろう。椎葉はそれを、身をもって思い知らされた。じゃあ椎葉にとって茅島がなんのか、わからない。茅島にとって椎葉がどんな存在なのかも。

茅島は暴力団の人間で、椎葉は組織に与する顧問弁護士だ。ただそれだけならば、あの爛れるような情欲に塗れた行為は一体なんなのだろう。

椎葉が茅島を拒むことも、嫌悪することもできないのは何故なのか。

安里に尋ねたってわかるはずがない。

呼びかけたはいいものの続く言葉を失って椎葉が呆然としていると、机上で電話が鳴った。ほとんど、堂上会の人間からしかかかって来ることのない電話だ。

「椎葉法律事務所です」

何事もなかったかのように——実際何事があったわけでもない——安里が淡々とした調子で受話器を上げる。

椎葉はどこか電話のベルに助けられた気がして、深く息を吐いた。

まだ胸が騒いでいる。

茅島と安里の間に何かが、と想像したせいじゃない。二度も肌で知ってしまった茅島の体温を思い出したせいだ。

もう二ヶ月も茅島の顔を見ていないのに、その間に何度も茅島の声を、息遣いを思い出している。自分がどうにかなってしまったようだ。

「所長」

自分の意志に関係なく早鐘を打つ胸を押さえながら気を改めようと椎葉が椅子に座り直した時、安里が受話器を持ったままこちらを振り返った。

「茅英組の方からお電話です」


扉の前に立った瞬間、中から叫び声が聞こえて椎葉は目を瞠った。

すぐさま鈍い音が響いて、それに誰かを叱責するような声が重なる。

椎葉は持参した鞄を持つ手にじわりと冷たい汗が滲んでくるのを感じていた。

茅英組は、椎葉法律事務所から二駅先に事務所を構えた堂上会直参組織の中でも小さな部類に入る組だ。とはいえ都内の一等地に中古のビルを所有し、その四階に看板を掲げている。

初代組長は、茅島大征。

安里から茅英組の名前を聞いた瞬間椎葉は他に何も考えられなくなって、気が付いたら電車に飛び乗っていた。

依頼は些細な事だ。新しく飲食店を開店するにあたって必要となった書類を届けてほしいというだけで、安里を遣いに出せば済む話だった。

しかし椎葉は安里が必要最低限の言葉しか発さないのをいいことに、まるで当然の義務だとでもいうように自ら茅英組を訪ねて来た。

自分でも驚いていた。

今まで暴力団の事務所を訪ねたことなんて数えるほどしかない。

定例会で必ず同席する堂上会の邸はともかく、他の組事務所なんて足を運ぶ必要がない。必要な物があれば先方から若い舎弟を遣いに寄越すか、どうしてもということがあれば安里が届けるのが普通だった。

仮にも表向きはまっとうな弁護士なのだからそうそう暴力団事務所を渡り歩くのも問題があるし、何より弁護士は彼らの小間使いでも何でもない。対等な契約関係にあるのなら、毅然とした態度でいなくては舐められてしまう――というのはただの言い訳で、やはり極道の人間の中に飛び込むというのは本能的に腰が引けてしまうからにほかならない。

暴力団の人間を知れば知るほど、こんなにも暴力を躊躇しない人間というものがいるものなのかと驚かされる。

椎葉はこれまでの人生で一度たりとも他人に手をあげたことがないし、同級生にも粗野な人間はいなかった。まるで別の世界があるものだ。以前それを茅島に漏らしたら、「だから先生は極道《われわれ》が怖くないんですね」と笑われたが、そんなことはない。

十分に恐ろしいと思っている。

現に今、勢いだけで訪ねてきたこの茅英組のドアを開けずにいるのだから。

「ぶっ殺すぞてめえ！」

不穏な怒鳴り声が聞こえて、椎葉はエレベーターから降りてきたばかりの足をジリと後退させた。タイミングが悪かったのか、これが茅英組の日常なのか知らない。どちらにせよ、今このドアを暢気にノックすることはできそうにない。

一度我に返ってしまうと、そもそもどうしてこんなところまで来てしまったんだという後悔にばかり苛まれる。

この中に茅島はいるのだろうか。

漏れ聞こえてくる怒号の中に茅島の声はないように思う。だとしたら、この騒ぎを前に茅島はどんな顔を浮かべているのか。

揉《も》めている——あるいは既に暴力を振るっているだろう人間を見下ろした茅島の表情が、想像できない。

茅島の、組長としての顔だ。

それは椎葉を震いあがらせるほど恐ろしいものかもしれないのに、全身にうっすらと浮かんだ鳥肌は恐怖心とは少し違うように感じた。

「ふざ、っけ……っこの野郎ッ！」

また、咆哮《ほうこう》が聞こえた。

がなりたてるような声にやっぱり怖気《おじけ》づいた椎葉がエレベーターに踵を返そうとした瞬間、割れるような音を立てて背後のドアが開いた。

「！」

反射的に振り返ると、部屋の中からプロレスラーのような体格のいい男が転げ出てきた。椎葉の足もとまで滑りこんできて、一度大きく、痙攣する。悲鳴さえも口を衝いて出てこない。

男は間もなく、失神してしまったようだった。分厚い胸の中央に、大きな足跡がついている。

「いい加減にしなさい、モトイ。またドアを壊したらどうするの」

「知らない。こいつがベンショーすればいいじゃん」

思わずその場で腰を抜かしそうになった椎葉をよそに、初めて開かれた茅英組の事務所の中から明るい光が漏れてくる。

おそるおそる顔をあげると、男の様子を見に来た人物と目が合った。

「……これは、先生。お見苦しいところをお見せしました」

一度だけ邸の前で会ったことがある。茅英組の若頭、柳沼という男だ。

華奢な体に白いシャツを着けて、柔らかな長い髪を後ろで結んでいる。理知的な双眸を細めると、それだけで微笑んでいるように見えた。

「まさかこんなに早くお越しくださるとは思わなかったもので。どうぞ、汚い事務所ですが」

柳沼は気絶した男のことなども う眼中にない様子で、椎葉を事務所の中に招き入れた。

まさか倒れている人を跨いで事務所に入るわけにもいかない、と椎葉が二の足を踏んでいると、他の組員が出てきて大の字になっている男を引きずって脇へ除《よ》けてくれた。

おそらく、まだ息はあるだろう。白目を剥いたままの人の体をまるでもののように扱う。椎葉は顎を突き出すような不格好な会釈をしてくる構成員たちを横目に、扉をくぐった。

室内は意外に手狭で、控えている組員の数も多くはないようだ。

ドアの外で男を転がしているのが二人、室内にはスーツを着崩して着ているものが一人、椎葉が室内へ促されると背筋を伸ばして壁際に退いた。

——それからもう一人。部屋の中央にはほとんど色素の抜けたような白金色の髪をした青年が背を丸めてこちらを見ていた。

「モトイ」

椎葉を訝しげに覗き込んでくる青年を一瞥して、柳沼が静かに叱責した。

さっき、ドアの前でもこの声を聞いた気がする。エレベーターの前で伸びている大きな男を倒したのはモトイと呼ばれた彼なのだろうか。椎葉が思わず彼の足を窺うと、くたびれた黒いブーツを履いていた。それが大男の胸に刻まれた足跡と同じサイズなのかどうかは一見した限りはわからない。

「あんた、なに。だれ？　柳沼さんのお客さん？」

視線を伏せた椎葉の顔を下から覗き込むように、モトイが細長い体をしならせて屈んだ。ざらついた声、切れ味の悪い重い刃のように鈍い眼光。

椎葉はギクリと体を強張らせて、首を竦めた。

「モトイ、先生はうちのお客様だ。お行儀良くして」

呆れたような声で柳沼が振り返ると、モトイはまだ疑わしげな顔を浮かべていたが他の組員に襟首を摑まれてようやく椎葉の前を開けてくれた。

「申し訳ありません、礼儀を知らない子で」

事務所の角にあるソファの前で椎葉を招きながら、柳沼が困ったように笑う。

彼がそんな風に言うと、手負いの獣のように殺気ばしっているように見えたモトイも子供に見えてくる。

まるで針金のように細く背が高いものの顔つきはどことなく幼いし、襟首を掴んだ組員に反対に掴みかかっている様はちょっと度を越した兄弟喧嘩《げんか》のようなものかもしれないとさえ思えた。

あれもそうなのだろうか。

気後れしていることを押し隠しながらソファに腰を下ろした椎葉が、ドアの外の巨体をちらりと窺うと柳沼が声もなく笑って首を竦める。

「うちでは日常茶飯事です。今日は、モトイのプリンを誰かが無断で食べたとかで」

プリン。

神棚に代紋の飾られた暴力団事務所の雰囲気を打ち壊すような単語が飛び出してきて、椎葉は目を瞬かせた。

「ちがうよ柳沼さん！　どうぶつクッキーだってば」

「ああ、そう」

柳沼は騒ぐモトイに取り合いもせず冷たく受け流す。それがプリンだろうとクッキーだろうとたいした問題じゃないという様子だった。

確かにどちらにせよ暴力団事務所で聞くことになるとは思わなかった単語だ。

椎葉が驚いていると、柳沼に半ば無視された形になったモトイが子供のように唇を尖らせた。

「柳沼さんが俺に買ってくれたものを食うなんて、……殺されても文句言えないじゃん」

椎葉は思わず、息を呑んだ。

ぶっ殺してやるだの死ねだの、とても自分だったら使わないような言葉をこの世界の人間はいとも簡単に口にする。まるで挨拶代わりのように。

最初のうちこそ嫌な気分になったものだが最近は慣れてきていた。

それなのに、低く呟かれたモトイの言葉は何故かしら椎葉の背筋を冷たくさせた。

彼が殺すと言ったら何の比喩《ひゆ》でもなく、本当に殺害してしまいそうな気がして。

椎葉がモトイを盗み見ると、ガラス玉のような目と視線が合った。

「っ、」

思わず大袈裟に肩が震えて、顔を伏せる。

底冷えするような純粋な目だと思った。

「先生とお会いするのはお久しぶりですね」

息を殺して体を縮めた椎葉の前に、柳沼が腰を下ろした。

邸の前で会った時と変わらない、とても暴力団員には見えない物腰の柔らかさがある。こうして対峙しているとただの会社員のようにさえ思えるのに、あの狂犬のようなモトイに慕われているのかと思うとやはり堅気の人間ではないのだと思い知らされるようだ。

「……ご無沙汰《ぶさた》していて、すみません」

「こちらこそ。本来であれば、うちのほうから先生の事務所にお邪魔しに行くところを」

すみませんと頭を下げる柳沼を制して、椎葉はあわてて持参した鞄から書類を取り出した。

すぐにお茶を運んできたジャージ姿の組員が、椎葉の前にカップを差し出す。意外にも、淹《い》れられたのは香りのいい紅茶だった。柳沼の趣味かもしれない。なんとなく、そう感じた。

俺もお茶、とモトイの無邪気な声が聞こえる。おそらく兄貴分なのだろう組員にふざけるなと一蹴されて、すぐにまた摑みあいが再開された。柳沼の言うとおり、これが茅英組の日常風景なのかもしれない。

椎葉はファイルに入った書類を鞄から取り出すと、膝の上に乗せて室内を見回した。

事務所は八帖《じょう》ほどの狭いものだが、神棚の下にもうひとつ扉がある。二間に仕切られていて、もしかしたらそちらの部屋に茅島がいるのかもしれない。

「せっかく先生にお越しいただいたのに、あいにく茅島が外出しておりまして」

「っ、そうですか」

胸の内を見透かしたかのような柳沼の言葉に、椎葉は息を呑んで視線を戻した。

狼狽を悟られないように背筋を正して、書類をテーブルに伏せる。

「新店舗に現在入居されているテナントですが、仰《おっしゃ》る通り相場よりも高めの立ち退《の》き料を提示しているようです。これは近隣住民の意向が強く反映されているようで——……」

あらかじめ用意してきた台本通りの台詞《せりふ》が、つらつらと口から滑り出てくる。

いつの間にか、さっきまでの緊張も消えていた。

茅島だって、常に事務所にいるわけではないだろう。現に椎葉を送迎する間は事務所を空けていたわけだし、組長というのはつまるところ、社長だ。人付き合いもあれば、外出だってするだろう。当然のことだ。

茅島が事務所を留守にしていると聞いて、椎葉はようやく肩の力が抜けたような気がしていた。

そもそも茅島に会って何を言うつもりがあったわけでもない。

二ヶ月前椎葉の自宅で茅島の手を汚したのを最後に、顔も見ていないのだ。

今さら、会わせる顔もない。

改めてそう思うと、何をのこのここんなところまで訪ねてきたのだろうと恥ずかしくなってくる。

「ですので、一度住民説明会を設けていただいて」

自分がいつもよりも早口になっているのがわかる。

柳沼は微笑んで黙って肯いてくれてはいるが、こんなこと椎葉がいちいち説明するまでもなく彼らのやり方の内に含まれていることだろう。

早くこの場を立ち去ってしまいたいのに、次から次へとどうでもいいことが止め処なく口を衝いて出てくる。

このままここでまくしたてていたって茅島は帰ってこないし、帰ってこられては困る。

椎葉自ら組事務所に出向くなんて不自然なことをしたと、茅島に知られたくはないのに。

「――つまり、先方様には」

「ねー柳沼さん」

焦れば焦るほど言葉が溢れ出てくる椎葉の前に、にゅっと突き出してくる影があった。

ぎょっとして口を噤む。

「センセーって、あのベンゴシセンセー？」

割り込んできたのは、モトイの頭だった。

ソファの間に挟まれた一枚板のテーブルに顎を乗せるようにして顔を覗かせたモトイは、椎葉を指さして柳沼を向いている。

「モトイ、下がってなさい」

柳沼は細い眉を顰めて小さく首を振ったが、正直椎葉は自分を止めてくれたモトイに少しばかり感謝していた。

気付くと口の中がからからに乾いている。すっかりぬるくなってしまった紅茶を一口嚥下して、大きく息を吐く。

「いえ、大丈夫です。私もそろそろ——」

受け皿にカップを戻して腰を上げようと、椎葉が鞄に手を伸ばした時モトイの狼のような目がこちらを振り向いた。

「だってセンセーって、あれでしょ？　茅島さんの、」

「モトイ」

茅島の名前が出た瞬間、椎葉が緊張するよりも早く柳沼が鋭い声をあげた。

モトイが首を竦めて姿勢を正すのと同時に、椎葉も柳沼の顔を仰ぐ。

「いい加減にしないと、僕も茅島さんも本気で怒るよ」

変わらない穏やかな口ぶりと、強面とはほど遠い品のいい顔立ち。しかしその声には有無を言わさない威圧感が秘められているように感じて、椎葉は目を瞠った。

モトイが何を言おうとしたのかは知れない。

ただ柳沼が客人である椎葉に対して礼儀を失しないように努めていること、そしてそれが家長である茅島の面目のためだということが伝わってくるように感じた。

口先を尖らせてしゅんとしたモトイを、懲りずに他の組員が引きずっていく。モトイは柳沼に叱られた八つ当たりのようにやはり他の組員に対して暴れ始めていたが、椎葉は先ほどよりもその風景に慣れ始めている自分に気付いた。

茅島がいないと知って緊張が解けたせいだけじゃない。

組長を気兼ねなく「茅島さん」と呼び、慕っているような組の雰囲気が感じ取れるからだ。

モトイの不作法は他の組では到底許されたものではないかもしれない。しかし椎葉は極道の人間ではないし、何より今はモトイに助けられたような気さえする。

他の組事務所がどんな雰囲気なのかは知らないが、茅英組の空気は悪くない。

茅島が、この組を作ったのだということがよく伝わってくる。

「……長居してしまいました、すみません」

椎葉は気の抜けた肩で息を吐いて、ソファから腰を上げた。

「先生、もうじき茅島も――」

「いえ、用事は済みましたから。よろしくお伝えください」

椎葉が緩く首を振ると、柳沼もそれ以上言葉を続けなかった。

腰を直角に折って頭を下げる組員と、その兄貴分に頭を押さえつけられそうになってその腕を捻り返すモトイに首を竦めながら、椎葉は事務所を後にした。

茅島を悪い男だと思ったことは一度もない。

事務所を訪ねてみて、その思いは一層強くなった。

――悪いのは自分のほうだ。

椎葉はまるで逃げるように足早にビルを後にすると、鞄を胸に抱えるようにして駅への道を急いだ。

日差しは春めいてきつつあるとはいえ、風はまだ冷たい。日が傾いてきて、椎葉の足もとに茅英組の所有するビルの陰を伸ばしてくる。

茅島のような男が自分を気にかけてくれることに浮かれて、もっと親しくなりたいと望んだことが悪かったのだ。

そんなことも棚に上げて安里とも関係があるのではなどと考えたり、事務所にまで押しかけるような真似をして、恥ずかしい。

あんなことがあっても茅島を自宅に上げたりしたのは何故かと、自分でも不思議だった。だけどその理由も今ならわかる。自分の中に、茅島を誘うような気持ちがあったんだろう。

茅島は悪くない。

悪いのは浅ましい自分のほうだ。

茅島があんな行為に及んだのは椎葉が求めていたからじゃないのか。

そんなことさえなければ、柳沼のように茅島と軽口を叩き合える仲が続いたかもしれないのに。

次の定例会では今度こそ、茅島の送迎はもう不要だと会長に申し出よう。

二人きりで顔を合わせる機会もなければ、あんな過ちを茅島に犯させることもない。

「――……っ、」

胸の前で抱いた鞄を持つ手に、力を込める。

私鉄の乗り入れる駅を前にして信号機で足を止めた椎葉は、唇をきつく結んで呼吸を整えた。

帰宅したら、このところ滞っていた仕事を片付けなければならない。椎葉は堂上会の顧問弁護士なのだから、その中のひとつの組の問題にわざわざ時間を割いてしまうだなんてあってはならないことだ。

もともと椎葉は集中すれば寝食も忘れて仕事に没頭してしまう性質だし、今抱えている問題もすぐに片付けられるだろう。

今日は、自室に戻る気持ちになれそうにない。

職場と自宅が近すぎるのも困りものだ。

信号が青に変わるまでの間に椎葉は苦笑にも似た息を漏らせるまでになって、胸の前で楯のように構えていた鞄をようやく下ろした。

大通りを往来する車が止まり、歩行者用信号機が色を変える。

夕方を前にして会社に戻ろうと急ぐ会社員や授業を終えた学生たち、夕食の準備のために帰宅しようとする主婦が一斉に歩きだして、椎葉もその中で流されるように足を踏み出した。

その時。

「先生」

茅島の声が聞こえたような気がして、椎葉は一瞬足を止めた。

駅に急ぐ人たちに逆らうように振り返るが、見知った顔はない。

そんなこと、わかりきっていた。

茅島は車で移動するのが常だし、今日は外出していると柳沼が言っていた。

まさか幻聴が聞こえるくらい茅島が気になっているのかと自分でも呆れる。

会う理由もない、合わせる顔もないと思っていたはずなのに。

自嘲めいた笑みを零すように息を吐いて椎葉がもう一度駅に向かって踵を返した時、背後から足音が聞こえた。

青信号が点滅しかけている。急いで駅に駆け込みたいサラリーマンか何かだろうかと気にも止めず、椎葉も歩調を早めようとすると、急に背後から肩を摑まれた。

「先生」

今度は、いやにはっきりと耳の近くで幻聴が聞こえる。

肩に、はっきりとした熱もある。

痛いくらいにどっと跳ねた胸を抑えながら椎葉がおそるおそる振り返ると、そこにはネクタイも締めず、シャツ一枚で駆けてきた茅島が立っていた。

「か、……やしまさん、どうして」

いくら目を瞬かせても、茅島の姿はかき消えない。

目を擦ったり頬をつねってみたらやっぱり幻覚に過ぎないかもしれないが、椎葉はそうしたいのをぐっと堪えた。

「事務所に戻ってみたら、さっきまで先生がいらしていたと聞いたもので」

短い距離とはいえ急いで走ってきたのか、いつも後ろに撫で付けている前髪が少しだけ緩み、息も弾んでいる。

だからといって、何故追いかけてきたのか。

そう尋ねることができず椎葉が言葉に詰まっていると、摑まれていた肩を引かれた。

突然のことで茅島の胸にバランスを崩しそうになるのを、ぐっと踏み止まる。信号がいつの間にか点滅を始めて、赤信号に変わろうとしていた。

茅島に引かれるまま横断歩道を引き返して、駅から遠ざかってしまった。

とは言えまた信号が変わるまでの間だ。

椎葉は未だに信じられない気持ちで茅島の顔を盗み見るように窺った。

二ヶ月ぶりに茅島の顔を見る。

またバツが悪い思いをするのではとか、いたたまれない気持ちになるのではと恐れていたのに、会ってしまえばいつも同じだ。緊張して、胸がうるさい。

「お引き止めしてしまいましたね」

ただそこに立っているというだけで否応なしに人の注目を浴びる茅島が、椎葉の顔を間近に見下ろして破顔する。

シャツにスラックスという出で立ちで、ともすれば刺青の影も見えてしまうかもしれないのに、茅島のこの屈託のない表情を見たら多くの人は彼を極道の人間だとは思わないかもしれない。あるいはそんなことはどうでもいいと思うくらいい人のいい男だと感じるだろう。

「……いえ、」

椎葉はその表情を見ていることができなくて、首を竦めて顔を伏せた。

眼鏡を押さえるふりをして瞼を一度、強く瞑る。再び目を開いたらやはり茅島の姿はないかもしれない。

だけど、茅島の手は熱を孕《はら》んだまま相変わらず椎葉の肩を掴んだままだ。これが幻などではないと言い張るかのように。

「何か、ご用でしたか」

取り繕うように言葉を選ぶと、突き放すかのような色を帯びて椎葉は自分でもはっとした。

「いいえ、何も。せっかく先生が事務所にいらしてくださったのに、ご挨拶もできないままでは惜しかったので」

しかし頭上からかけられた茅島の言葉はいつもと同じ、低い、胸に染みこんでくるような声だった。やめてください、人の中に勝手に入ってこないでくださいと必死で抵抗しようとしても砂が水を吸うように、茅島の声は椎葉の耳に心地よく響く。

虚勢を張っている自分が馬鹿みたいに思えるほど。

「つい、追いかけてきてしまいました。ご迷惑だったでしょうか」

そう言った茅島が笑っているような気がした。

だけど、顔を上げて確認することもできない。

駅前の横断歩道にはまたぱらぱらと人が集まり始めてきていて、不必要なほど近くで顔を覗かれている椎葉には人目が気になってしょうがない。

それならば茅島の体を押し返して離れてしまえばいいのに、その胸に触れるのが怖かった。

「先生」

体を強張らせて俯いたきりの椎葉に業を煮やしたような声。

二ヶ月前の失態を謝るなら今だと思うのに、まだ就業中の明るい往来でそんなことを口に出すのは憚《はばか》られた。

「……書類を届けてくださったそうですが」

小さく息を吐いた後で、茅島の手が椎葉の肩から滑り落ちた。思わず、顎を震わせる。

触れられても、手放されても動揺してしまう。

茅島に会えずにいれば気になるし、会ってしまうと身動きひとつ取れなくなる。

「そんなことは安里にでも任せれば良かったのに。あれは使えませんか？」

「っ、いえ……！　そんなことは」

安里はよくやってくれている。

思いがけず安里の評価を下げるようなことを恐れて、気付くと椎葉は茅島を仰いでいた。

そこには、茅島の射抜くような瞳があった。

椎葉が顔を上げるように、唆されたのかもしれない。かっと顔が熱くなって慌てて視線を逸らすと、茅島が小さく笑った。

「では、先生が私に会いに来てくださったのだと自惚《うぬぼ》れてしまいますが」

「っ、！」

周りの人には聞こえないように顰められた茅島の声は、椎葉の胸を貫くには充分だった。

息が詰まり、街の喧騒が消えて自分の心音だけが聞こえる。

茅島に会いたかったのかもしれない。

自分で意識しないようにしていただけで、合わせる顔がないなどと言いながら茅島のことを気にかけていた。会いたいのだとは、思っていなかった。

ただ会ったらどうなってしまうのかということばかり考えていた。

一度抱かれたあの夜からも毎月、言葉こそろくに交わさなくても茅島の顔を見ない月はなかったのに。

たった二ヶ月会わなかっただけで、こんなふうに事務所を飛び出してきてしまった自分に、自覚がなかったことが恐ろしい。

「冗談です」

硬直した椎葉の肩を気安く叩いて、茅島が笑った。

冗談だ、ということにしてくれたのかもしれない。

信号機がのどかな童謡を奏で始めた。また青色に変わった信号を、待ちゆく人が一斉に渡り始める。

「では、お気をつけて」

ついさっき椎葉の肩を強引に掴んで引き寄せた腕が、今度は椎葉をそっと押す。

顔を上げると、茅島はまるで眩しいものでも見るかのように双眸を細めて椎葉を見つめていた。その顔に、ビルの影がかかる。

来月は定例会があるのか、そんなことを茅島に聞いてもわからないだろう。状況次第だ。

定例会でもない限り、茅島と会うことなんてない。

茅島がゆっくり視線を伏せて、踵を返した。

茅島はあの賑やかな事務所へ、椎葉はまた安里の待つ事務所へ戻っていくのだろう。それが当然だ。

ただ、書類を届けに来ただけなら。

頭上の信号機が点滅を始め、童謡が警告音に変わる。

今走りだせば、横断歩道を渡るのに充分な時間はある。しかし、椎葉の足は少しも動きそうにない。

「茅島さん」

必死に絞り出した声は掠れて、みっともないくらいに震えている。

自分でも、何を考えているのかはわからない。

完全に思考停止した頭で、椎葉は二ヶ月前の茅島の言葉を思い出していた。

「大事な人、――と言ったのは、……どういう意味ですか」

往来で、自分は何を口走っているのか。

他の人の耳には届いたかどうか知らない。

ただ椎葉に背を向けて歩き出していたはずの茅島が数歩先で振り返ると、逡巡するように瞳を揺らしてからゆっくりと双眸を細めた。

「言葉通りの意味です」

その意味が、わからないと言っているのに。

しかし茅島の堂々とした口ぶりで答えられると自分の頭が悪いような気がしてきてしまう。

信号が、赤になる。何故だか、もう引き返せないような気分になった。

椎葉は呼吸もままならない唇を喘ぐように開いて、縋るようにか細い声を絞り出した。

ただひとつだけ、これを伝えなければ帰れない。たとえ、茅島の耳に届くことはなくても。

「私は、……あなたに会いに、来たんです」

今は、それしかわからない。嘘偽りのない、自分の気持ちだ。

この先ずっと茅島とは元のような関係には戻れないのかもしれない。それならせめて、自分の気持ちだけでも伝えておきたかった。

しばらく、茅島は微動だにせず椎葉を見下ろしたままだったように思う。それは永い時間に感じられた。だけど信号機は一向に青には変わらず、椎葉もその場を逃げ出せずにいた。

小さく、茅島が息を吐いた。

多くの人がいる中でたった一人の人の呼吸が聞き取れるはずがないのに、茅島がすぐ近くにいるかのようにはっきりと感じられた。

茅島が、そっと手を差し出す。

その意図は、相変わらずわからない。

しかし椎葉は黙ってその手を握り返した。

そうなることは、わかっていた。

多分椎葉の方から誘ったのだろうことも。

しかし大きなベッドと簡単なアメニティしか用意されていないホテルの一室に誘われた椎葉は、いわゆる恋人たちが体を繋げることを目的としたそういう施設に足を踏み入れるのも初めてでにわかに緊張した。

「先生」

部屋に錠が落ちる直前、ここに来るまで押し黙っていた茅島が一度だけ窺うように呟いた。

そんなつもりではないと、思い直すなら今だという最後通牒《つうちょう》だ。強引に引かれたわけでもない、振り払おうと思えばすぐに拒むことができる程度の力で繋いだ手から、椎葉の震えは茅島に十分伝わっていたのだろう。

椎葉は茅島の呼びかけに、返事をすることはできなかった。

気持ちは行きつ戻りつ、自分を掻き乱す快楽に対する恐れと浅ましい劣情の間で揺れて目が眩《くら》みそうになる。それでも、椎葉が今この手を離せば茅島とはこれきりになる気がして、椎葉は緊張で冷たくなった手に力を込めた。

それがまるで、合図のようだった。

ずっと背を向けていた茅島が振り返ったと思った時には既に、椎葉は腕の中に掻き抱かれていた。

今潜ってきたばかりの扉に椎葉の背を押し付けて、茅島はあと数秒でもそうすることが遅れたら世界が終わってしまうのだと誤解でもしているかのように性急に、椎葉を抱いた。

「か、――茅島さ、ん……あの、」

どくどくと耳を打つほど高くなった心音を、茅島の胸に響かせてしまうのではと心配した椎葉が茅島を窺うと、茅島は不意に顔を上げて椎葉の頬へ掌を滑らせた。その手も、椎葉の背中から滑らせたら椎葉が逃げ出すのではないかと恐れるように、躊躇しながら。

「私は、不器用な人間です」

背を丸めて椎葉を包むように抱いた茅島が、掠れた声を絞り出す。

それは肌を撫でられるのと同じくらい椎葉の身を竦ませて、呼吸が苦しくなる。

「こうすることしか出来ない。――どうか、あなたに触れさせてください」

扉の前で抱き寄せられた体は茅島にぴたりと寄り添っていて、背中を押さえられ、頬を撫でられている。

もう充分に茅島は椎葉に触れているのに、それでも懇願するように告白した茅島の声は切実だった。

「あなたの顔を見ていたくて我慢できない」

茅島が伏せていた視線を上げると、薄暗い部屋にその眸が光った。深い、引き込まれるような眼差し。

その目に椎葉が見蕩《みと》れて視線を逸らせずにいると、茅島は椎葉の頬から手を滑らせて眼鏡の弦をゆっくりと引いた。

「あなたに口付けたくて堪らない」

茅島が、指先で取った椎葉の眼鏡をかなぐり捨てるように床の上に落とす。カシャ、と乾いた音をたてて放られた眼鏡の行方を、椎葉は追おうとは思えなかった。あれがなくては日常生活に支障を来

たすのに、今はそんなことを気にする余裕もない。

近付けられた茅島の唇から吐き出される息が、熱い。

肌が焦がされるようだ。

「あなたの肌に私の印をつけて、忘れられないようにしてやりたい」

濡れた声でそう呟くと、茅島はゆっくりと椎葉の唇を掬《すく》い上げて吸った。

自然と顎を仰向かせた椎葉の唇を舌でなぞりながら、茅島が咥内に入り込んでくる。椎葉は扉の前で行き場をなくしていた手を、茅島の背中に回していた。

歯列を探った茅島の舌が伸びてくると、椎葉はそれに自ら舌を絡ませた。どうすればいいものかもよく知らないのに、ただ茅島と繋がっていたくて。

椎葉の体を抱いた茅島が、唇を重ねなおしながら更に身をすり寄せてくる。背後の扉に押し付けられるように椎葉は息苦しさを感じながら、それが茅島の体重を感じているようで体の芯を疼かせた。

茅島の背中できつく指を握る。自分がどうにかなってしまったようだ。

自分から大きく唇を開いて首を伸ばすと、茅島は唾液の音を響かせながら椎葉の舌に唾液を含ませた。椎葉の浅ましい要求に茅島が応えてくれているようで、堪らなくなる。

「ンふ、っ……ぅ、ン……く、っん……、ン」

扉に押さえつけた椎葉の体に茅島が膝を立てると、椎葉の足を割った。反射的に咽喉を震わせた椎葉がそれを見下ろそうとする間も与えずに、茅島が絡ませた足で椎葉の股間を擦る。

椎葉は咽喉を逸らして思わず鼻を鳴らした。茅島のシャツに皺を刻み、微かに身を捩る。

「ぁ、ンんぅ……っ！　ふ、ン……っく、ンむ、ぅ……ん、ぅ」

膝の上でやんわりと押し上げられただけなのに、ぞくぞくと這い上がってくる戦慄きを止められない。

まだ冬深いあの晩、茅島の手の中で翻弄《ほんろう》された劣情を思い返す晩が何度もあった。

訳もわからないまま擦り上げられる男根に喘ぎながら、椎葉は自分の背後がはしたなく収縮したのを感じていた。茅島にそこを押し拡《ひろ》げられたのはもうずっと前のことだったのに、まるで期待するように。

今もまた、茅島の舌を自ら貪るように舐め返しながら体を疼かせている。

もうとっくに、茅島を忘れられないでいる。

「先生、……私は愚かな男だ。あなたをあんな風に泣かせることはもうしたくないのに、あなたが欲しくて堪らない」

唇を離した後に舌を解き、鼻先を擦り合わせながら唇を椎葉の頬に滑らせた茅島が、背中から移した掌を椎葉の腰の上で戸惑わせている。

自嘲した茅島の声は震えているようにも聞こえた。

もしかしたら、椎葉がひどく欲情しているせいでそうと聞こえただけかも知れない。

「私もです」

椎葉は茅島の背を抱き返した腕を彼の首に上げると、大きく息を吐きながら眸を細めた。

確かに茅島は、馬鹿な男だ。

こんなに近くにいるのに、椎葉の気持ちもわからないなんて。

「……私もあなたが欲しい」

椎葉は両腕で引き下げた茅島の耳朶の傍で小さく囁くと、そっと瞼を閉じた。

茅島の手でスーツを落とされ、縺《もつ》れこむように移動したベッドの上で、椎葉は茅島の足の間に膝を抱えるように座っていた。肩から腕を回した茅島の腕が自分を外界から覆い隠してくれるようで、ひどく熱いけど、心地良い。

茅島は背後から椎葉の耳朶や首筋に唇を押し付けて濡らしながら、一方の手で椎葉の腿の上を撫でている。

大きな掌が慈しむように優しく往復するたび、椎葉はただそれだけで背筋を震わせる自分が恥ずかしくなった。

「先生、……」

それに続く言葉を吐息に溶かすように熱っぽく椎葉を呼びながら、茅島がもう一方の手を椎葉の胸の上に滑り込ませる。耳朶を唇で甘く食まれた椎葉がぞくりと胸を反らすと、その上の乳首を茅島の指先が捕らえる。

「っあ、……ぁ、ン……っや、嫌……っ」

周囲を爪の先でくるりとなぞられただけで、自分が過敏になっていくのがわかる。抱えた膝の間で持て余した劣情と同じように、胸の上にも小さな勃起《ぼっき》が頭を擡《もた》げてしまう。

それを指の腹で捏ねるように舐めた茅島の指先に、椎葉はいやいやと緩く首を振った。背筋に電流が走るように痺れて、声が溢れる。発情した雌犬のような声で、ひどくみっともない声が。

それを椎葉が掌で押さえ込むと、茅島は椎葉の耳朶に舌を這わせながら小さく笑った。

「あなたの感じている声が聴きたい」

濡れた声で唆しながら、茅島は身を縮める椎葉の背中に身を押し付けて逃げ場を塞ぐ。椎葉が膝を引き寄せると、茅島が椎葉の胸を弄る手を挟み込むような形になった。これでは欲しがっているのか、嫌がっているのかわからない。

「ンん、ふっ……はぁ、っふ……ぅン、や、ぁ……」

茅島の熱い指先が椎葉の乳首を摘み上げて、また押し捏ねる。疼きにも似た痛みが椎葉の体を刺して、椎葉は深く首を折ると何度も首を振った。

「先生、こういう時は、嫌、ではなくて良い、と言うものですよ」

膝の上に顔を伏せた椎葉の足から茅島の手が滑り、腿の裏側に回ってゆっくりとその中央に上ってくる。

じわりじわりと近付いてくるその手が、自分の劣情を目指しているのではないかと思うと、椎葉は更に身を竦ませた。体を丸くして、息をしゃくりあげる。

「ほら、先生。私の手があなたを悦ばせているならどうか、良いと仰ってください」

茅島の声は戯れたような含みを帯びている。きゅう、と摘み上げられた乳首の刺激に椎葉がビクビクと足先まで短く痙攣すると、茅島はベッドの上で跳ねた腰の下から手を滑り込ませて椎葉の股座《またぐら》に触れた。

「あ、――……!　っや、ぁ」

下から抱え上げるように、茅島の手が椎葉を捕らえる。

双丘も陰嚢も男根も、すべて茅島の自由にされる体勢に椎葉は思わず目を瞠って顔を上げた。それを見計らったように、茅島は椎葉の顔を肩から覗き込んでいた。

「悪いようにはしません、どうか」

茅島の視線に映る自分が、どんなにかはしたない表情をしているか知れない。椎葉は熱くなった顔を背けて歯齧みしたが、もう遅い。腰の下に入り込んで茅島が手を蠢かせると、知らず収縮している蕾を親指でぐりぐりと抉じ開けるように突き上げられて、椎葉は身を捩った。

「やぁ、っ……あ、は、っん……っ嫌だ、……っ茅島、さ……ンっ……！　そこは」

断続的に何度も身を震わせて、椎葉は竦みあがった体をベッドの上に崩れさせた。茅島の体温が急に離れると、恐怖にも似た不安に襲われる。自分が浅ましく震えて勝手に転げ出てしまっただけなのに、椎葉は怖くなって茅島を見上げた。

「可愛い人だ」

それを見透かしたように椎葉の体を追った茅島が、ベッドに肘をついてゆっくりと覆い被さってくる。指先はまだ椎葉の秘肉を捕らえたままで、ひとりでに息衝いた窄まりを舐めるように撫でては、時折悪戯に突付いた。

「あなたのような人を、私の体なんかで汚したくはないのに」

乱れた髪をシーツに伏せた椎葉の額を撫でながら、茅島は暗い声でそう呟いて唇を落とした。

汗ばんだ椎葉の肌を清めてくれるようなその口付けを見上げると、椎葉はさっきのようにきつく抱きしめて欲しくなって傍らの茅島に腕を伸ばす。

「汚されてなど、……っいません」

椎葉の腕に身を寄せた茅島は椎葉の片足を自分の腰に絡ませると、力強い手で双丘を割りながら中指をその間に潜り込ませてきた。浅い場所でゆっくり旋回させるように、椎葉の肉襞を解《ほぐ》していく。

「これから汚そうとしています」

茅島は椎葉の頬に押し付けた唇で熱っぽい息を吐いて、椎葉の腰に身を押し付けてきた。茅島の猛った男根が、椎葉のものをぐっと押し返してくる。まるで焼け付きそうに、熱い。反射的に引いてしまいそうになる腰を、双丘に回された茅島の手がきつく抱き寄せる。椎葉は自らの肉棒が茅島のそれと重なって、大きく脈打ったのを感じた。

「あなたの中を貫いて、犯して、綺麗《きれい》なあなたの腹の中を私の種で一杯にしようとしている」

脅すような茅島の言葉が、耳朶に降りてきた。唾液を纏った舌が椎葉の耳を濡らして頭の中まで犯されているような錯覚に陥る。　茅島がねじ込んだ背後からの指先が、ねっとりと抜き差しを始めた。

「ぁ、っ……は、っあ……あ、茅島さ、ン、ぅ……っ」

椎葉の肉襞を撫でながら引き抜かれた指先が、また押し込まれるたびにその深さを進めているのがわかる。

椎葉はそれがいずれ自分を狂わせる場所に触れることを恐れながら、腰を揺らめかせていた。自分がどちらを求めているのかわからない。茅島の男根に重ねた前を良くしたいのか、それとも茅島に犯された記憶が残る後ろを良くしたいのか。あるいは、どちらもなのか。

「あなたが泣いて嫌だと組っても、私はあなたを犯して、犯して、強引に自分のものにしようとしている」

――あの晩、そうしたように。

茅島の言葉は懺悔のようで、しかし椎葉の体はもう、既に茅島のものだ。

何度となく植えつけられた快楽は椎葉の心の奥底に思慕を刻みつけられて、癒《い》えない傷のようになっている。上からどんなに蓋をしても恋しい気持ちが滲んで、もう逃げられない。

「か、やしまさん、……っもう、もう早く――……ッ」

気が変になりそうだ。

椎葉は茅島の首筋に顔を埋めて首を振ると、自分でも驚くほど甘えた声を出して茅島を欲しがった。


「ぃ……ぁ、はぁっ、ん、ふぅ……ッく、ぅン……ッあ、は……っあ、あ」

茅島の刺青が入った背中に爪を立てながら、椎葉は大きく広げた足の先をビク、ビクと何度も痙攣させた。

やたらと甲高い音をたてて軋むベッドが茅島の突き上げに揺れるたびに、椎葉はそそり立った肉棒から涎のように体液を滴らせてしまう。

茅島が椎葉の肉穴を抉《えぐ》るように腰をグラインドさせると、既に溢れるほど注ぎ込まれた精液が椎葉の双丘を伝って、ベッドに染みを拡げていく。

頭の中が蕩けたようにぼうっとなって、茅島の熱い視線がこちらを向いただけで、椎葉は唾液に塗れた唇を開いて弛緩した舌を覗かせた。椎葉の額を撫でながら、茅島がそれを吸い上げる。

茅島の律動がまた早くなった。ぐちゅ、ぶちゅ、と結合部は泡立ったような音を洩らしながら椎葉の腰を高く引き上げ、茅島に貫かれるための性器になって収縮を繰り返す。

茅島がまた椎葉の中に欲望を吐き出そうとして力を増している。それをまざまざと肉の中で感じ取ると、椎葉は否応なしに背を仰け反らせて身悶えた。

「ぁ、っン……ふぅ……っ、は……っ茅島さん、茅島、さ……っぁあ、っだめ、また、っ――……や、ぁあ、っあ、ぁっ」

椎葉にはもう体液を迸らせるほどのものもないのに、体だけが絶頂を感じて断続的に硬直を繰り返す。それが茅島を悦ばせる肉のうねりになっているのか、茅島は椎葉の下肢だけをベッドから浮かせるようにして強く腰を打ちつけ始めた。

「ひ、ァあっ――……ッ！　いや、……っ茅島さん、か……だめ、駄目です……っ、また……！」

性急に突き上げられる茅島の腰の動きに、身が狂うのを止められない。腰の間に伸びる粘ついた糸が滴る隙もないほど激しく抽送されているのに、椎葉は茅島が貫くたびに乾いた絶頂を覚えて息が詰まりそうだった。

こんなに間を置かずに大きな津波に浚《さら》われていては、常に絶頂の頂きに置かれているのと同じだ。

「先生、――いい、堪らない、もっと、……と聞こえますよ」

獣じみた荒々しい息を吐きながら、茅島が椎葉の高く掲げた膝の裏に唇を滑らせて笑った。その額に汗が滴っている。その不敵な笑みを視線に止めただけで、椎葉は気を遣ってしまいそうになった。

「……ッ！　ちが、……っぁ、はぁっ……あ、ぁっ……！　いや……っ、し、……死んでしまいます、っこんな……こんな、に……っん、ぅ――……！」

どく、と深々突き挿された茅島の男根が大きく脈打って、熱い奔流を椎葉の中に吐き出した。先に注ぎ込まれた体液を押し遣って、また椎葉の体を熱く焦がしていく。茅島は暫く椎葉の腰を押さえたままで身震いをひとつすると、やがて大きく息を吐いて再び椎葉の上に身を伏せてきた。

しかし、まだ繋がりを抜き去ろうとはしてくれないところを見ると、さらに椎葉を苛むつもりなのかもしれない。

そう予感することが、恐れなのか期待なのかもわからない。

「それは困るな」

深く呼吸を往復させる茅島の腕に肩を抱かれて、椎葉はやっとの思いで大きく酸素を吸い込んだ。部屋の空気はもう澱《よど》んで、椎葉と茅島の肉欲の匂いしかしない。

「あなたに死なれては困る」

椎葉を抱き寄せた茅島は、体液で濡れた椎葉の肌の上に唇を落としながら笑った。それなのに、声に戯れた響きを感じない。死と程近い、彼の職業柄なのかもしれないが。

「あなたを失《な》くしたら、私はもうきっとまともに生きていけない」

低い声で囁いた茅島の掌が椎葉の胸の上を這って、その形を確かめるように線を描いていく。椎葉は何度も絶頂に煽られた体がどうしようもなく震えて、静かになったベッドを痙攣で揺らした。

「……ッ、茅島さんが、殺そうとしたくせに」

ただの比喩じゃない。あのままだイキ続けていたら、椎葉はまともに呼吸をすることも出来ずに、興奮した胸を破裂させて死んでいたかもしれない。

椎葉がか細い声で恨み言を吐いて茅島の悪戯な手を取り上げようとすると、驚くほど容易にそれは椎葉の手に摘み上げられて、離れた。

あんなに、自分の力ではびくともしないと思っていた茅島の手が。思わず目を瞬かせた椎葉の顔を覗いた茅島が、ふ、と息を吐き出すように吹きだした。

肩を震わせて笑う振動さえ、繋がったままでは甘美な痺れになって椎葉を覆う。椎葉がそれを押し留めさせようと茅島の肩を押すと、茅島はベッドの上に身を転がせて仰向けになった。ただし、椎葉を抱いたまま。

「死ぬほど良かったですか」

「――……っ！」

茅島の股間の上に跨るように乗せられた椎葉が息を詰めると、再び茅島が力を取り戻してきた。

椎葉は茅島を押し遣った両腕を茅島の胸の上についたまま、自重で深々と咥え込んだ男根が自分の中で勃《た》ち上がっていくのを感じて竦みあがった。

「ぁ……っや、待って……茅島さん、ッ……まだ、」

そんなに早く復活されてしまっては、こちらの身がもたない。椎葉は深く首を折ったまま頼りなく頭を振ったが、どうしてもその上から逃れることが出来なかった。

茅島の腰から立ち上がろうにも足に力が入らないし、胸の上に手をついているのでも精一杯だ。

椎葉が上になったせいで茅島がたっぷりと椎葉を犯した体液がとろとろと溢れ出してしまって、椎葉はそれを引きとめようと下腹部に力を込めると、茅島の怒張を喰い締めるようになってしまう。

茅島が短く息を詰めた。椎葉が誘い込むような動きをしたせいで、ぐんと猛りが熱くなる。

「待って、下さい……まだだめ、……っいや、か、ゃしま……さ、ぁ……！」
ギ、ギとベッドを軋ませながら、茅島が腰を突き上げ始める。椎葉は茅島の上で力なく拳を握り締めながら、それに振り落とされないように呼吸を合わせた。

まだ体の熱が少しも冷めていない内からこんな風にされたら、どうしようもなく腰が揺れてしまう。

「そんな風にいやらしい顔をして制止されても、誘われているようにしか聞こえない」

椎葉が落ちてしまわないように、茅島が椎葉の腿の上に手を重ねた。椎葉の手にあっけなく摘み上げられたのと同じ手とは思えないほど、強い力で。

「……っそんな、」

指摘された顔を隠すように椎葉が片手を上げると、もう一方の腕が折れて茅島の上に倒れこんでしまった。

ずるり、と大きく茅島のものが引き抜かれて、椎葉は息を呑んだ。

先生、と茅島があやすように呼んで、椎葉の肩を押し上げる。再びねじ込まれた男根に突き挿されて、椎葉は今度は背を仰け反らせた。

「ぃ――……っぁあ、ッ……！　や、ぁ……っだめ、茅島さん……っみ、っ……見ないで下さい……っ！」

背後に立てられた茅島の背に凭れた椎葉が身を捩ると、肉穴の中で茅島の亀頭がゴリと蠢いた。腹の内側を抉るようなその疼きに椎葉が思わず腰を浮かせると、茅島はそれを両手で摑んで乱暴に揺さぶり始めた。

「や……っあ、茅島、さ……っ！　そんなに、したら……っ！」

蕩けた肉を前後左右に擦りつけるように強いられて、椎葉はおかしくなりそうな頭を抱え込んだ。

茅島は椎葉の腰を跳ねさせるように強く突き上げながら、深く沈む椎葉の体を串刺しにする。

足の先から頭の先まで、抗い難い痺れが間を置かずに襲ってきて椎葉は一度抱えた顔を仰向かせて頭を振った。

茅島の視線を感じる。自分の淫らな肢体を眺める茅島が、椎葉の中で衰えを知らずどくどくと脈打っていることも。

「は、っ……んぁ、あっ、あ……っ！　そんな、……っ茅島さんっ、だめ……！　ぃ……っイって、しまいます……っ！」

椎葉は茅島の怒張の上に自分の体を押し付けるように自分からも腰をくねらせながら、それがあたかも茅島の強いられたことのように自分に言い訳をして、快楽を貪った。

何度絶頂に狂わされたのか、もう数え切れない。椎葉は歯の根が合わなくなった口内の唾液を飲み下すことも出来ずに喘いだ。

「イってしまいます……っ！　また、……ぁ、はっ……イク、……っイ、ッ……あ、ぁ……――ッ！」

シーツの上を蹴った椎葉の爪先が、自分の意思を忘れたように何度も痙攣して、滑る。

茅島は椎葉の腰を押さえた指先を肉に食い込ませるほど強く摑みながら、何度目かの精液を吹き上げていた。

お互い力尽きたようにベッドに倒れこんだのに、瞼を閉じることを惜しむようにぽつり、ぽつりと会話を交わしていた。

こういう類《たぐい》のホテルはそう長居するものではないということくらい知っている。

だけどまだ、椎葉はまともに立って歩けそうにない。

「すみません、――あの……まだお仕事中、でしたよね」

初めて訪れた茅島の事務所がどうだったとか、今何時になったかだとか、他愛のない話が底をついて椎葉は言葉を探した挙句、仕事中の茅島を結果的に連れ出してしまったことを思い出して間近にある顔を見上げた。

茅島と他愛のない会話をするのは随分と久しぶりな気がする。

しかし裸の胸に抱かれたまま するような会話ではないと気付いたのは、言ってしまった後だった。

どちらの肌も、汗とも精液とも知れない体液に濡れて肌寒いくらいだ。それを知っているように茅島はきつく椎葉の肩を抱いたまま、離そうとしない。

「先生もお仕事中でしょう」

椎葉の失言を笑った茅島の胸が震える。

目の前を塞ぐその逞しい体に視線を伏せると、椎葉はまた胸が苦しくなって、歯齧みした。

この胸の苦しさがなんなのか、椎葉は決めかねていた。

これがただの劣情なら、いやというほど欲を果たした今、こんなに泣きたくなるような気持ちになる必要はないのに。

「――あの、……茅島さん」

抱き寄せられて自然と茅島の胸に伏せた椎葉の爪に、微かに血が滲んでいる。もう乾いているが、もしかしたら茅島の背中には椎葉のつけた傷が痛んでいるかも知れない。

椎葉は茅島の背中に刻まれた刺青の上についた、自分の情欲の痕《あと》を思い浮かべると心が震えた。

「何ですか」

椎葉を大事そうに抱え込んだ茅島が、聞き返すついでのように唇を寄せてくる。こめかみに伏せられて、それから頬に滑り落ちた。

茅島が近い。

まるで、心まで寄り添ってくれているような気がする。だからつい、椎葉は思いのまま唇を開いた。

「こういう時くらい、……その、先生と呼ぶのを止めていただけませんか？」

確かに椎葉はさっきまで勤務時間中で、すぐに戻れたはずの事務所を安里に任せたきりこんなホテルにしけこむようなはしたない弁護士だ。

だけど、茅島が先生と自分を呼ぶたびに、拭い去れない皮膜のような距離を感じる。どんなに体を繋げてもひとつのものにはなれない焦《じ》れったさにも似た。

そろりと椎葉が視線を上げると、間近に顔を寄せた茅島が一瞬目を瞬かせて、――それから微笑んだ。

「こういう時、と言うのは？」

一瞬、その子供じみた笑顔に見蕩れたのが馬鹿みたいだ。

茅島の意地の悪い返答にかっと頬を熱くした椎葉は息を呑んで、顔を背けた。茅島の胸を押し返し、背を向けて寝返りを打つ。

「先生」

所詮《しょせん》は茅島の腕の中で背を向けたに過ぎない椎葉の行いを引き止めるように、茅島が呼びかけた。

そっぽを向いた椎葉の胸を抱き寄せて、背中にぴたりと身を寄せてくる。

茅島の心音が、椎葉の背中に伝わってくるようだった。

いくらかそれが早いように感じるのは椎葉の気のせいだろうか。

別に茅島がそうと呼びたいのなら、本当はどうでもいいことなのかもしれない。同じように先生と呼んでいても、能城や他の組員が呼ぶそれとはどこか違って聞こえる。

時に熱っぽく、時に縋るように紡がれるその声は、茅島だけのものだ。

「すみませんでした、怒らないで下さい」

椎葉の胸に回した腕を交差させて包みこむ茅島の胸から、直接声が響いてくるようで椎葉はベッドの下に視線を伏せた。

怒ってるわけじゃない。怒る筋合いのものでもない。それなのにまるで椎葉の機嫌を取るような真似をしてみせる茅島の可愛らしさに椎葉が口元を綻ばせかけた時、背後から寄せられた茅島の唇が低く呟いた。

「——譲さん」

掠れた、甘い声に耳朶を擽られた椎葉が胸を締め上げられると、やはり茅島はそれを見透かしたように抱きしめた腕の力を強くした。

それはどんなに濃厚な口付けよりも甘美な囁きだった。

安里の視線を感じて、椎葉は顔を上げた。

いつもと変わらず、椎葉法律事務所は静寂に包まれている。椎葉が気にした安里は自分のデスクでノートパソコンを見つめ淡々と書類を作成していた。視線を感じたと思ったのは気のせいかもしれない。

あるいは椎葉が少なからず後ろめたいと感じているからそんな錯覚を覚えたのだろうか。

後ろめたいというのは先日、勤務中に茅島とホテルにしけこんだりしたからではない。

椎葉の手元に求人誌があるからだ。

安里にはこれまで、事務所開設以来ずっと助けてもらってきていた。いつも同じ表情、抑揚のない声で必要最低限の会話しか交わさない安里だが、椎葉にはもったいないくらいよくできた有能な事務員だ。

無機質で人形のような表情を一度も崩したことがなく、何でもてきぱきとこなしてみせる彼のことをロボットのようだと感じたこともあった。ロボットならば、世間話などできなくても仕方がない。

あるいは、彼にそれ以上の仕事があるという可能性もないわけではない。

たとえば、堂上会という大きな暴力団組織に雇われている椎葉に他の団体からのスパイ行為がないか、監視する役割を担っている——とか。

だからこそ監視対象と馴れ合うような無駄話をすることを避けているのかもしれない。

とはいえ安里が椎葉に危害を加えるわけでも、不利になることをするわけでもない。

もし彼に悪意があれば椎葉に身に覚えのないことをいくらでも組に報告して、椎葉の立場が弱くなるように仕向けることだってできる。

しかしそんな風に感じたことは一度もない。

むしろ堂上会の中での椎葉の立場は十分に確立しつつあると感じる。

現に今も手に余るほどの訴状を抱えて、本当は求人誌など見ている場合ではない。

三件の訴状の内の二件はこちらから訴え出るものだ。最近のシノギは簡易裁判で小金を儲《もう》けようというものが多く、椎葉の元へ回ってくる仕事も増えた。相変わらず構成員と半グレの衝突によるトラブルも絶えない。

安里は顔色ひとつ変えないが、単純にお互いの仕事量が増えすぎている。

もう一人事務員を雇い入れようと思うんだけど――と切り出すタイミングを、見計らっていた。

別段深く考える筋合いのことではないのに、もし安里が本当に椎葉の監視役なのだとしたら他の人間を事務所に招き入れるのは安里に不利益を招いてしまうのではないかなどと要らない心配をしてしまう。

彼には彼の事情がある。

それは、暴力団に組する人間なら避けられないものだろう。つまり、自分に割り当てられた役目を果たせない人間は斬《き》り捨てられかねないという、恐怖にも似た感情だ。

椎葉は安里をそんな目に遭わせるつもりはなかった。

目の前に積まれた訴状と求人誌を見比べて椎葉が密かに溜息を吐いた時ドアをノックする音がした。

まさか飛び込みの依頼というわけでもないだろう。椎葉は眼鏡を押し上げて、目を瞬かせた。

磨りガラスに大きな影が映りこんだかと思うと、ドアから茅島が顔を覗かせた。

茅島さん、と喉まで声が出かかって、慌てて飲み下す。

椎葉が会いに行ったあの日以来、定例会以外でも茅島とたびたび会うようになっていた。だけど、いつも会うたびに心臓が大きく音を立ててしまう。

「近くを通りかかったもので。……お忙しいとは思いますが」

いえ、と答えようとして声が掠れてしまった。

確かに忙しい。だけど、茅島を追い返すことなんて考えもしない。

銀座の和菓子の店名が印刷された紙袋を掲げて入ってきた茅島が、デスクの前で立ち尽くしたように言葉を探している椎葉に双眸を細めてからふと安里を振り返った。

「安里」

椎葉が今まで聞いたことのない、短く厳しい声で安里を呼びつけて、紙袋を差し出す。

安里も小さく頭を下げて、紙袋を受け取った。

安里は椎葉の事務所の従業員だが、今の様子ではまるで茅島の舎弟のようだ。

彼が暴力団から手配されるだけの人物であるということはわかっていたつもりだが、こうして茅島と直接会話をするのを初めて目の当たりにした。

思えば茅英組での茅島の様子を見たこともない。組の雰囲気からして茅島は気の置けないおおらかな首領なんだろうと思い込んでいたが、安里との間に漂う空気はどこか緊迫している。

菓子折を受け取ったその足でまっすぐ給湯室に向かった安里の背中を眺めていてから、茅島が不意に椎葉を振り向いた。

「あれはきちんと働いていますか」

思い出したように茅島を応接セットへ促した椎葉は、自分の用意した従業員――あるいは出向させた舎弟――の様子を気にする言葉にはっとした。

新しい従業員を招き入れるべきかどうか、真っ先に茅島に相談するべきだった。

そうすれば、安里の立場などにも気を回す必要はなかったのに。

どうしてこんな簡単なことに思い至らなかったのだろう。

従業員をもう一人雇い入れるかどうか考え始めてから何度も茅島には会っているのに。会うたびに、目の前の茅島のことしか考えられなくなっていた。

「そのことなんですか、茅島さん」

応接セットのソファに茅島が腰を沈めるのを確認してから、その正面に椎葉も腰を下ろす。

パーテションで区切られた給湯室から菓子とお茶を運んでくる安里の姿が見えた。安里にも聞いてほしいと思っているのだから問題ないが、にわかに緊張した。

「安里くんは非常によくやってくれていますが、このところ依頼件数も増える一方ですし……もう一人、従業員を増やしたいと思っているのですが――」

安里の視線を感じる。

椎葉は茅島に顔を向けたまま、そっと視線だけを外して安里の表情を盗み見た。

応接セットのテーブル前にしゃがみ込んでお茶を出す安里の視線は伏せられ、その目には相変わらず空洞のような闇が広がっているだけだ。

茅島ならば、安里の働きが十分ではないせいでもう一人従業員が必要なのだろうなどと誤解をされる心配もない。それに、安里にも立場があるのであれば、それを配慮することが可能だろう。

「そうですね、……確かにこのところ先生に信頼を寄せている幹部は増えてきました。その分、依頼も増えたことでしょう」

茅島が深く肯くと、椎葉は知らず詰めていた息をほっと吐き出した。

その様子を茅島が上目で窺って、大袈裟に首を竦めて見せる。

「妬《や》けますね」

「え？」

椎葉が目を瞬かせると、茅島が悪戯っぽい笑みを浮かべて安里を一瞥した。

安里は表情を崩すことのないまま心得たように肯く。

「所長、裁判所に訴状を届けてきます」

そう言って、椎葉の返答も待たずに踵を返してしまう。

そんな遣いは、何も今日、今すぐじゃなくてもいいことだ。

これではまるで茅島と椎葉を二人きりにするために気を回してもらったかのようで、椎葉は言葉に詰まった。そうしている間にも安里は必要書類を纏めて、さっさと事務所を出て行ってしまう。

しんと事務所の中が静かになった。

安里と椎葉が二人きりの時だって事務所は静かなものだ。だいたい日中、ほとんどの時間はキーボードを打つ音と書類をめくる音しかしない。

だけど今は違う。

緊張した椎葉の胸の鼓動が茅島に聞こえてしまいそうだ。

「他の組長連中が先生を頼るのは良いことですが、」

突然二人きりにされて身を竦めた椎葉に、茅島が口を開く。

顔を上げると、茅島はソファを立ち上がっていた。どうかしたのかと尋ねるよりも早く、間にあるローテーブルを回り込んで茅島が椎葉の隣に移動してきた。

「……あまりあなたが多忙になると、私が見捨てられそうで」

ソファの隣が沈むと、思わずそちらに倒れこみそうになる。

椎葉はそれをぐっと堪えながら、眼鏡の位置をしきりに直して顔を伏せた。

「何を……！　私は別に、そんな」

見捨てるも何もない。

それに、――どんなに忙しくても茅島が誘いに来れば椎葉は断ったりはしないのに。今まさにこの時もそうしているように。

「私があなたを独占していたいのに」

茅島の戯言に顔を熱くさせて己の膝頭を見下ろした椎葉の耳もとで、茅島の甘い声がした。

「あなたの余暇のためにも従業員はもう一人必要なようです。……一日中先生の顔を眺めて仕事していられるなら、私が申し出たいところですが」

茅島の声を吐息のかかりそうなほど近くに感じて椎葉が身を強張らせると、茅島が小さく笑った。

以前と同じ関係に戻れたと思っていたけれど、実際はだいぶ違う。

茅島はたびたび何とも言い難いような戯言を口にするようになった。言葉遊びに慣れていない椎葉の反応が新鮮だから、茅島もつい言ってしまうのかもしれない。

大事な人などと言われたのを真に受けて、意味を尋ねてしまうような真似をしたせいだ。

思い出すだけで顔が熱くなる。

「柳沼にでも当たらせます。あいつは、そういう人脈が広い」

俯いたままでいる椎葉に咳払いをして、茅島が言葉を改めた。

なるほど、適任だと思えた。

椎葉自身、茅島の周囲で事務員として雇える人間がいたとしたら、イメージするのは柳沼のような相手だった。

柳沼は茅島の抱えているブレーンだから無理だとしても、柳沼が推薦してくれる人材なら文句はない。

「よろしくお願いします」

ほっとした椎葉がおそるおそる視線を上げると、茅島が覗き込むように顔を寄せていた。

緊張して、身が竦む。

茅島のことが恐ろしいのかあるいは自分の浅ましさが怖いのか、わからない。茅島といると本当に、自分が馬鹿になったような気しかしない。

「ところで先生、……今日はお忙しいですか?」

ソファの背凭れに腕を回して、茅島が身を乗り出してくる。思わず椎葉は身を退いた。

「か、……茅島さん、近いです」

思わず、声を潜める。

事務所には今椎葉と茅島以外、誰もいないのに。

しかし安里がいつ帰ってくるかもしれない。就業中にこのようなことはもうだめだと、そう思うのに。

椎葉の体の芯を熱い何かが舐めるようだ。劣情とも、疼きとも違う。

茅島の言うことは所詮、戯言だ。

椎葉が茅島の事務所まで会いに行ったことを未だに茅島はからかっているのだ、きっと。

だって椎葉がいてもたってもいられずに会いに行った時のような気持ちを、茅島が抱えているはずがない。

「あなたを今夜、食事に誘いに来ました」

茅島の声も、囁くように低くなる。

近い、と言ったばかりなのに茅島の唇はますます近くなるようだ。

今度こそ頬に茅島の吐息を感じて、椎葉は目をぎゅっと瞑った。

「また夕方に会いに来ても構いませんか」

断る理由がない。

どんなに忙しくて就業後も雑務が山積していようと、椎葉が茅島の誘いを断ることなんてできない。

茅島だってそんなことを知っているくせに。

だけど口を開けばうるさいくらいに鳴っている心臓の音が漏れてきてしまいそうで、椎葉は口を噤んだままでいた。

「先生」

そんな椎葉に焦れたように、茅島が囁く。その声がいっそう近くなったように感じた。目を瞑っている椎葉にはわからないが。

「そんなに無防備にされると、キスをしてしまいますよ」

「っ、」

無防備にしていたつもりはない。

また自分が茅島を誘い込んでしまったように感じて椎葉が慌てて目を瞠ると、鼻の先が擦り寄るほどの至近距離に茅島の顔があった。

どっと心臓が大きく跳ねて、椎葉は声にならない声を上げた。

その思わず開いた唇に、茅島は悪戯っ子のように笑みを浮かべてから優しくキスを寄せた。


翌朝、椎葉がベッドで目を覚ますと隣はもぬけの殻だった。

明け方の冷たい空気が少しでも布団の中に吹き込んでこないようにと首元までしっかりと羽毛布団が整えられている。

まるで、何事もなかったかのように。

椎葉は不自然に空いたベッドの空白に掌を這わせた。そこはまだ、湿り気を帯びているように感じる。

昨晩茅島は約束通り食事に誘いにやってきて、その後椎葉の部屋を訪ねた。

肩肘の張らないイタリア料理店の帰りに買ってきたワインを開けて、出先ではないのだからと椎葉が茅島にグラスを勧めた。

リビングのカウチに掛けて、茅島と同じ酒を飲みながら他愛のない話をすることが嬉しくて――本当にただそれだけだったのかは、自分でもわからない。

椎葉の家だからといって茅島が酒を飲めば三時間は車で帰ることはできなくなる。確かに茅島を引き止めるつもりはあったのかもしれない。

だけど、こうなることまで望んでいたのかはわからない。

椎葉はまだ自分の中に燻っている茅島の熱を意識して、膝を丸めるように体を縮めた。

ワインを傾けているうちにいつの間にか距離が近くなって、気付くと椎葉は茅島の腕の中に閉じ込められていた。同じ香りのする唇に口付けられ、腰を抱き寄せられ、嫌だ、駄目ですと言いながら少しもその腕を振り払おうとはしなかった。

食事の後で茅島とベッドを共にすることはもうこのところ、いつもだ。

それなのに食事の誘いを断らないということは、茅島に体を許すのと同義だと思われていても仕方がない。

思い切って、ただあなたと話をしていたいだけなのだと言ってみればいいのかもしれない。

だけどそうしたら茅島がいつかの苦しげな表情を浮かべるのではないかと思って、椎葉はいつも躊躇した。

第一、茅島に触れられるだけで椎葉が劣情を覚えてしまうのも事実だ。

触れられなくても、至近距離で見つめられただけで呼吸さえままならなくなる。熱い唇に塞がれ、舌で歯列をこじ開けられたほうがまだ息苦しくない。

茅島との夜を何度も重ねるうち、椎葉の体は行為に慣れてますますはしたなくなったように思う。

最中のことは自分でもほとんど覚えていないはずなのに、茅島の姿を見ると胸が苦しくなって体が勝手に疼いてくるようだ。

茅島もそれを見透かしたように椎葉の耳に夜通し甘い囁きを吹き込み続けるのだから、悪い男だ。

もっとも、彼にとって言葉さえも愛撫のうちのひとつであることなんてわかっている。

だから、いつもこうして椎葉は一人で朝を迎える。

何度も絶頂に突き上げられて気を失うように眠りに落ちた椎葉に服を着せて、茅島はいつの間にか帰ってしまう。

ことが済めば、椎葉に用なんてないんだろう。いわゆる体だけの関係というやつだ。

お互い割りきっていなければ、そこから痴情のもつれに発展する判例は枚挙に暇がない。

茅島にとって椎葉がただのセックスの相手でしかないなら、こちらもそう割りきらなければいけないんだろう。

これ以上の関係なんて望むべくもない。

――そう思いながら、椎葉は茅島が抜け出たベッドの空白をそっと握りしめて唇を齧んだ。

「安里さん、終わりました」

椎葉法律事務所にデスクがひとつ増えた。

茅島が手配させると言ったその翌週には宇佐美《うさみ》という青年を紹介され、そのまま採用することにした。

利発そうな笑顔を浮かべた宇佐美は、白いカッターシャツを一枚着けているだけで下はジーンズという出で立ちだったが、どこかフォーマルな印象を受けた。

おそらく、姿勢がよく、髪も綺麗に纏められているからだろう。

安里同様とても暴力団関係者とは思えない好青年だが、柳沼の友達だと言われて納得してしまった。

柳沼の年齢は知らないが、年頃は若く見える。

清潔感があり、溌剌としていて、まるでこの静かな事務所に新しい風を吹き込んだようだった。

「所長に判をもらったら、ファイリングして下さい。ファイルは――……」

仕事を教える手前、安里の淡々とした声を聞く機会も増えた。

安里と宇佐美には何らかの面識があるのかと尋ねたのは初日の事だったが、宇佐美は安里のことを窺うように見てから――顔を見合わせるつもりだったのかもしれないが、安里がそうしなかっただけかもしれない――あっさり否定された。

「自分は柳沼の学生時代の友人なので――その、今のアイツの仕事とは縁遠くて」

柳沼の職業に対して言葉を濁した宇佐美は首を竦めて、苦笑した。

「それでも未だに連絡をとっているんだから、仲がいいんだね」

「ただの悪友ですよ」

宇佐美はどこか照れくさそうに笑った。あの柳沼でも学生時代の友人の前では砕けた様子になるのだろうかと想像すると、椎葉まで顔が綻んでしまう。

安里と二人きりの事務所も決して居心地が悪いわけではなかった。

集中して仕事ができるよう安里は気を利かせてくれたし、もったいないと感じるほど恵まれた職場だったように思う。だけどこうして新しい体制になることで安里の静かな声を頻繁に聞くことや、反対に宇佐美の控えめだけれど明るい表情を見ることは、椎葉の心を楽しくさせた。

「そうだ」

承認印を受け取った書類をキャビネットのファイルにしまっている宇佐美と、それを窺っている安里の姿を眺めていたら椎葉は不意に思いついて、声を上げた。

「宇佐美くんの歓迎会をしようか」

振り返ったのは、宇佐美だけだった。あっけにとられたような、驚いた顔をしている。

取り繕うわけではないが、椎葉は慌てて言葉を付け足した。

「安里くんもここで働くようになってもう長いし、……どうかな。歓迎会と言っても三人だけで、食事をする程度だけど」

自分でも思いがけない発想に、声がうわずっている気がした。

今まで、こんなふうに自分から会食を提案したことなんてなかった。

そもそも学生時代の昼食程度ならまだしも司法研修中からずっと椎葉は人と食事をすること自体あまり機会がなかった。決められた昼食時間の中でも早く食事を済ませて早く勉強に戻りたい人もいれば、おにぎりを片手に判例集を読み耽るタイプの人もいる。誰かの時間を煩わせるのが嫌だった。

研修生でも仲間同士で食事をするグループは幾つもあった。ただ椎葉はそのどこにも属することがなかっただけだ。

人と一緒に食事を摂《と》ることがこんなにも楽しいことなのだと思いだしたのは、茅島のおかげだ。

高級な店でなくても構わない。酒がなくても、ただ一緒のテーブルを囲んで他愛のないことを話しながら仕事上の付き合いだけではない、その人自身に触れるような交流が持てることが幸せに感じる。

少なくとも椎葉は定例会の後に茅島と食事をするようになった時、回を重ねるごとにその気持ちを強くした。

何を話したかなんて今となってはほとんど覚えていないけど、自分と二人きりの茅島が楽しそうにしてくれるとなんとも言えないむず痒《がゆ》さにも似た気持ちを覚えた。それは今でも変わらない。

だけど今は、その手に触れられたら自分がどうなってしまうのかを知ってしまった。

他愛のない話をしているようでも時折、茅島の指先が、唇が気になってしまう。

そんなはしたない自分を知られたら茅島を不快にさせてしまうだろうと思うと、緊張をするようになってしまった。

当然、安里をいくら眺めても宇佐美と話していても、そんな緊張はない。

彼らと食事を重ねることができたら、あるいは椎葉の茅島に対する執着も薄れるかもしれない。

――というのは、歓迎会と言った後に思いついたのだけれど。どちらがこじつけかは判然としない。

「安里くん、どうかな。もし都合が良ければ――」

自分の後ろめたさを押し隠すように椎葉が尋ねると、安里がノートパソコンから視線を上げた。

「所長のご命令であれば」

溜息を吐くわけでも、嫌そうな表情を浮かべるでもない。しかし安里が乗り気でないことは確かだ。

椎葉が言葉に詰まって眼鏡を押さえると、キャビネットの前で様子を見ていた宇佐美が笑った。

「安里さん、ご命令だなんてヤクザじゃないんですから」

安里が冗談でも言っているように思えたのだろうか。宇佐美は口を押さえて肩を震わせている。

確かに安里は関係者ではあるが、構成員名簿に名は連ねていない。ましてや、椎葉が安里に命令をするような権限はない。そんなことをしようとすれば、普通の企業ならハラスメント行為になってしまう。

だけどそれを冗談にして笑った宇佐美の姿に、椎葉は目を瞬かせた。

「……あれ？　違いますよね？」

思わず息を詰めた椎葉と、ものを言わない安里の様子に急に不安になったかのように宇佐美が戸惑ったかのように両者を交互に見た。

もしかしたら、わざと場を和ませてくれようとしているのかもしれないけれど。

そうは思っても椎葉は肩でほっと息を吐いて、また知らないうちに口元を綻ばせていた。

「日弁連に提出する書式、これで大丈夫でしょうか。チェックお願いします」

安里の正面に向かい合わせになるように置いたデスクから、宇佐美が書類を差し出す。それを受け取った安里が黙ったまま紙面に目を落とした。

業務の分担はうまくいっているようだ。

宇佐美はいつも微笑んでいるような面持ちをしているし安里は相変わらず人形のように表情を変えないからわからないが、従業員同士の軋轢《あつれき》などもなく、仲良くやっているように見える。

少なくとも業務が滞ってはいないから円滑なのだろう。

いずれは業務に余裕のできた安里に何らかの資格をとってもらうのもいい。彼が望むのであれば。

少しずつできることが広がれば、椎葉法律事務所の可能性は増える。

暴力団の顧問弁護士など世間的に見れば日陰のような存在かもしれないが、それでも椎葉はこの仕事にやりがいを感じていた。

そうと伝えれば、茅島も喜ぶだろうか。

「それは何よりです」

とまるで自分が褒められたかのように笑う茅島を詳細に想像することができる。

茅島が双眸を細める表情を思い浮かべると自然と自分の唇も緩んでくるようで、椎葉は胸中で慌てて首を振った。

このところ堂上会で頻発《ひんぱつ》していたトラブルが急に鳴りを潜めたおかげで手が空いた椎葉は、気を抜くと茅島のことばかり考えている。

前回茅島と会ったのは何日前だとか、そろそろまた連絡が来る頃だろうかとか。

こんなことではいけない。茅島もよもやこんな大の男に日々あれだこれだと回想されているとは思いもしないだろう。こんなことがバレたら、気色悪く感じるに違いない。

そう思うと、いざ茅島に会った時必要以上にそっけない態度になってしまう。

とはいえ少しも堪えた様子を見せないあたり、茅島にとって椎葉なんて本当にどうでもいいのだろう。

「所長」

無意識に深い溜息を零した椎葉に、承認をもらいにきた宇佐美が怪訝《けげん》な顔を浮かべている。

安里と二人きりだったら自分が溜息を吐いていることにすら気付かせられなかったかもしれない。

椎葉はばつの悪い気持ちで苦笑を浮かべながら、宇佐美の持ってきた書類を受け取った。印鑑に手を伸ばした時、デスクの上の電話に目が止まった。

いつも、気にもしないのに。

そもそもあまり鳴る機会もないし、風景の一部でしかない。

あるいはそろそろ茅島から連絡が来る頃かもしれないなどと考えてばかりいるから電話が気になったのだろうか。だとしても茅島から連絡が来るとしたら椎葉の携帯電話あてだ。

もう、茅島のことばかり気にするのはやめよう。

椎葉が鼻の上の眼鏡を直して気を取り直した時、そのレンズに電話の着信を告げるランプが映り込んだ。

「っ、」

茅島からじゃない。わかっているのに、咄嗟に手が伸びた。

同じように自由になる右手を電話に伸ばした安里よりも先に受話器を上げてしまった椎葉は、ひとりでに騒いだ胸を悟られないように平静を装いながら咳払いをひとつした。

「椎葉法律事務所です」

受話器を肩に挟んで、宇佐美の作成した書類に判を捺《お》す。

小さく頭を下げた宇佐美にそれを返そうとした時、耳に押し当てた電話機の向こうから喧騒が聞こえてきた。

「もしもし？」

『柳沼です』

落ち着きを欠いた声。物腰穏やかな印象しかない柳沼の怒鳴るような声を聞いた瞬間、椎葉の足元がさっと冷たくなるような気がした。

思わず、正面の宇佐美を見上げる。

当然、何も知らない宇佐美は他に何か用事でもというように目を瞬かせて椎葉を見下ろしていた。

「どうかされましたか」

汗ばむ掌で受話器を握りなおして、柳沼の声の向こうに耳を澄ませた。

何人もの男が声を上げている。その中に、止血、という単語が飛び込んできて椎葉は思わず椅子を立ち上がった。

今まで暴力団同士の切った張ったという報告はいやというほど見てきた。そんなトラブルが一件もなかった月はないし、定例会で顔を合わせた組長が翌月にはいないなんてこともあった。

いつまでも慣れはしないけど、そういう世界なのだと思うように努めてきた。

しかしこんな生々しい現場からの電話をもらったことはない。当然だ。弁護士の仕事は事件の後にしかない。今まさに血が流れている最中に椎葉ができることなんて何もないのだから。

それなのに、柳沼は電話を寄越《よこ》した。

間違い電話でないならば――

「柳沼さん」

自然と浅くなる息を弾ませて、椎葉は電話の向こうに呼びかけた。

安里と宇佐美が、椎葉を窺う。その視線も気にしていられない。

「負傷者は、」

自分の心音がうるさくて、柳沼の向こうの様子が聞こえない。

嫌な予感がする。

椎葉は震える手を何度も握りなおして、祈るような気持ちで柳沼の言葉を待った。

『茅島《組長》が撃たれました』

柳沼は、押し殺したような声で無慈悲に告げた。

「茅島さん！」

椎葉が事務所に飛び込むと、そこには若い組員が何人も詰め掛けていた。部屋の奥で視線を伏せている柳沼を中心にして、それぞれが息を殺している。真っ先に口を開いたのは、柳沼だった。

「ああ、先生」

ここまでどうやって来たのかもわからない。

柳沼の電話を受けてから頭の中が真っ白になって、心臓が割れそうに激しく打っているのに四肢が凍りつくように冷えている。

「すみません、急にお呼び立てして」

柳沼は硬い表情を綻ばせるように笑顔を作って見せると、小さく頭を下げた。

いいえ、と答えるつもりで開いた唇から、掠れた息しか漏れてこない。

柳沼の周りに集まった組員たちはまるで睨みつけるように椎葉を見ている。

その中に、モトイの姿もあった。床の上に直接腰を下ろして、細長い足を持て余すように腕の中に抱えている。しかし椎葉を仰ぐ視線は他の組員と同様かあるいはそれ以上に冷たく冴えていた。

それもそうだ。

茅英組は茅島が初代となって新しく代紋を授かったばかりの組織だ。まだ小さいし、構成員も若い人間が多い。一本柱である茅島に何かあれば、簡単に潰れてしまう。その危険性を誰もが覚悟しているのだろう。

今まさに彼らは茅英組の生命の危機そのものに瀕しているのだ。

手負いの獣は神経質で、過敏になる。今は構成員一人一人がそうなっている状態だろう。

そんなところにどうして堂上会本部のお抱え弁護士でしかない椎葉がやってくるのか、不審に思われるのは仕方がない。

椎葉もどうして茅島の有事を連絡してくれたのか、柳沼に問いたかった。しかしその言葉すらも出てこない。

ここまで駆けるように来たせいで、息が弾んで眩暈もする。

茅島は無事なのか、それだけが知りたかった。

「茅島は、奥の部屋に」

以前茅英組を訪ねた時は主が不在だったせいで開かれることのなかった扉に、柳沼が案内してくれる。

以前、茅島は柳沼のことを、まるで戦友のような弟分だと話してくれたことがある。

自分に何かがあった時は組のことを柳沼に頼もうと思うとも。

茅島が自分の組について話してくれることが椎葉には何故かしら嬉しく感じたし、彼に信頼できる部下がいることが自分のことのように頼もしく感じた。

だけど、実際にこんな日が来るなんて思ってもいなかった。

暴力の世界に生きている茅島には、それは現実味のある話だったんだろう。だけど椎葉にはわかっていなかった。

茅島がこの世からいなくなることなんて、想像もしなかった。

今日あたりまた食事に誘われるような気がしていたし、そうじゃなくても間もなく定例会が開催される。また当然のように一緒に食事をして、朝方まで一緒に過ごすものだと思っていた。それなのに。早く茅島の顔が見たい。

しかし、その容態が思っている以上に悪かったら、自分がどう取り乱してしまうかと思うと怖い。茅島に無事であって欲しい。もう、生きてさえいてくれたらそれでいい。

椎葉は歯の根が合わなくなっていることを自覚しながら、努めて平静を装った。

組員たちの視線が背中に刺さっているのを感じる。

「茅島さん」

部屋の前で身を引いた柳沼に礼を言ってから、扉をノックする。声が震えていた。

咳払いをしてからもう一度呼びかけようかと逡巡したが、椎葉は堪らずにノブを引いた。

部屋の中には、黒い革張りの長ソファが置かれていた。

恐らく、急いで運び入れたものだろう。ソファの足の下でカーペットが撚《よ》れている。

「先生」

そこに身を横たえていたのは、茅島だった。

肘掛に手をつき、半身を起こした茅島が椎葉の姿に目を瞠っていた。

茅島は思っていたより顔色も良く、声の張りもいつもと変わらない。

椎葉は急にどっと体が重くなったような気がして、閉じた扉に背をぶつけた。

——安心した。

張り詰めていた緊張を解かれて、椎葉はともすればその場に座り込みそうになってしまった。

「まさか先生にまで連絡が行くなんて……、どこから漏れたんだろうな、みっともない」

口を割った奴を懲らしめてやろうなどと、戯言を言って茅島はソファの上に腰を落ち着けた。

屈託ない笑顔を覗かせるその様子もまったくいつもの通りで変わりはないが、――肩を覆った白い包帯だけが、生々しく映える。

幾重にも巻きつけられた包帯の下からは、鮮血が薄っすらと滲んできていた。

「す、――……すみません、こんなところまで押し掛けてきて」

茅島の傷の様子を見たら急に、どうしてこんなところまで来てしまったのかという気持ちが押し寄せてきた。

安否の確認なら、電話口で済んだはずだ。

柳沼からの電話に思わず今すぐ伺いますと言ってしまったけれど、あんなのはただの報告のつもりだったかもしれないのに。

さっきまで不安と焦燥で早鐘を打っていた胸が、今度は後悔で押し潰されそうになる。

突然押し掛けられても茅島だって迷惑だろう。

思っていたよりも容態は悪くなさそうだが、それでも安静にしていたい時だ。椎葉が来たところで、何かできるわけではないのに。

「いえ、こちらこそすみません。こんなむさくるしいところまで来ていただけるなんて、思ってもみなかったので」

「ご、ご迷惑でした……か、あの、茅島さんがご無事かどうか、どうしても、気に」

舌が縺れたようになって、うまく言葉が紡げない。

ここまで抑えてきたものが、茅島の姿を目の当たりした途端堪え切れずにこみ上げてくるようだ。無事で良かったと、口に出したら泣き出してしまいそうだと思った。

「すぐ、あの……お暇《いとま》、します……ので、」

呂律《ろれつ》の回らない口で平静を装おうとしてもどうしても声が震える。椎葉は慌てて自分の口を掌で覆った。その手も目に見えるほどガタガタと震えている。どこにも力が入らない。

「先生」

掌を翳むようにして口を塞いでいないと、嗚咽が漏れて出てきそうで、椎葉は必死で首を竦めた。

椎葉の名を呼ぶ茅島の声は、いつもと同じように低く、包み込むように優しい。

数日前にも同じように椎葉を呼んだ茅島が、銃弾を受けて――もしかしたらもうこの世にはいなかったかもしれないなどと、想像しただけで気が遠くなる。

椎葉は瞼をきつく閉じた。呼吸もままならないほど、嗚咽が溢れてくる。

自分でも制御しきれない感情がこみあげてきて、どうしたらいいのかわからない。

「先生、……どうかすぐにお帰りになるなどとおっしゃらないでください。せっかくあなたに会えたのに」

顔を伏せた椎葉の耳を、茅島のあやすような声が撫でていく。

「すみません、お恥ずかしいことに、まだ足元が覚束ないんです。どうかこちらに来ていただけませんか」

きっと今茅島は困った顔をしているのだろう。顔を上げなくてもわかる。

椎葉は手の甲を鼻の下に押し当てて啜《すす》ると、視線を伏せたままソファに歩み寄った。

椎葉もまだ足元が覚束ない。それでも、安心しきって泣き出してしまったら、いくらか落ち着いたように感じた。茅島にはひどくみっともないところを見せてしまったが。

「ちょっと血を流しすぎまして」

すぐに治ります、と笑った茅島に促されるまま隣に腰を下ろすと、茅島の掌が椎葉の頬に伸びた。慌てて、その手を支えるように取る。

血を流しすぎたと言う通り——止血のためにきつく縛っているせいもあるのだろう——茅島の手は、今まで感じたこともないほど冷たく感じた。

「こんな傷は二、三日で治りますよ。安心して下さい」

思わず顔を上げた椎葉の頬の涙を拭いながら、茅島が椎葉の顔を見下ろしている。

銃弾を受けてそんな短時間で治るはずはない。文字通り子供騙《だま》しのようなことを言う茅島に、椎葉は小さく息を吐くように笑った。

「散歩中に、待ち伏せされましてね。おそらく会長を狙ったものだと思われますが、撃った人間は組をあげて捜させています。いずれ、先生にもご協力を頂くことになるでしょう」

話しているのは、いつもの他愛のない話ではない。

互いの仕事の話だし、血なまぐさくもある。

それなのに前髪を掬うように額を撫でる茅島の指先が優しくて、椎葉は視線を逸らそうとした。しかし、茅島の手がそれを許さない。

「……散歩、ですか?」

そういえばいつか、茅島に散歩の習慣があるとは聞いていた。しかし堂上会長が一緒だというのは初耳だ。

茅島がどことなく誇らしげに見えるのは、自分が盾となり、会長を護《まも》れたことが理由なのだろう。

理屈ではわかるが、椎葉にとってはそれで茅島が傷ついたのだからやはり嫌な気になる。

「お伝えしていませんでしたか。私が毎朝親父の散歩につき合わされているって――」

茅島が目を瞬かせて無防備な表情を見せる。椎葉も濡れた瞳でそれを見上げて、小さく首を振った。

毎朝。

口の中で、復唱する。

自分がどんな顔をしていたのかは知らないが、椎葉を撫でた手で眼鏡を取り上げた茅島がふと双眸を細めて笑った。

「朝のお勤めさえなければ、何時までだってあなたを抱いていられるのに」

「っ、！」

かっと顔に血がのぼった。

また鼓動が速くなったようだ。

いつも、朝になると茅島が帰ってしまうのはそのせいなのか。

ことが済んだら満足して、椎葉のことなどどうでもよくなってしまうんだろうと思っていた。それを責める筋合いはないし、茅島に確かめるようなこともできなかったけれど。

「あ、あの――……あの、」

今の言葉通り、もし会長の散歩さえなければ、茅島は椎葉と一緒に目覚めの時を迎えたいと、そう思ってくれていたのだろうか。

そのことに大した意味などなくても、実現もしなくても、理由がわかったというだけで嬉しいと感じてしまう。どうしてこんな気持ちになるかもわからないのに。

ひどく気恥しくなって椎葉が視線を伏せようとすると、茅島の吐息が近付いてきた。

反射的に息を詰めて、首を竦めてしまう。それでも茅島は気にせずに椎葉の口端を啄《ついば》むように吸い上げた。

「こんな傷は大したことはありませんが、――しばらくあなたを抱けないと思うと、それが一番堪える」

言葉を紡ぐたび唇が触れるほど近くに頬を寄せた茅島が甘く囁くと、椎葉は耐えきれずに肩口の包帯の上へ顔を伏せた。

消毒液の香りの下から、ほのかに茅島の香りが漂ってくる。

夜の間中しがみつき、何度も啜り泣かされた大きな体だ。椎葉はその背中に腕を回したい衝動に駆られて、膝の上で何度も拳を握りなおした。

「それとも、先生は安心していますか？」

包帯へ顔を伏せた椎葉の髪に鼻先を埋めた茅島が呟く。椎葉は目を瞬かせて、勢いよく顔を振り仰いだ。

「っ、そんなわけありません」

思わず声を張り上げてから、見上げた茅島の顔がほくそ笑んでいることに気付いた。

瞬間、どっと汗が噴き出してきて椎葉は喉を詰まらせた。

嵌《は》められた。

いや、本心なのには違いない。売り言葉に買い言葉で本心でもないことを言ったという気はまるでしないが、それでも。

椎葉が一度覚えた茅島という快楽に溺れているんだと、告白したも同然だ。

「安心しました。私だけがあなたを欲しがっているわけではなくて」

「ご、誤解なさらないでください。私は何もそういうことがなくても、茅島さんとお話しできれば、それだけでも十分――……」

取り繕うように早口でまくし立ててから、途中ではっとして口を噤む。

これではまるで、体だけではなく茅島自身を欲しがっていると告白の上乗せをしたに過ぎない。

茅島が一瞬目を丸くした後、堪え切れなくなったかのように大きく息を吐き出して笑った。

その大きな体が椎葉に覆い被さるように凭れてきて、慌てて受け止める。体がぐらつくのかとか、そんな心配をするまでもなく可笑しそうに喉を鳴らして笑っている茅島の背中に、椎葉はさりげなく腕を回した。

「……茅島さんは、狡《ずる》い人です」

恥ずかしさを隠すようにぼやくと、思った以上に不貞腐《ふてくさ》れたような声になった。

こんな声が出せるのかと自分でも驚くような子供じみたものだった。

「私が狡い男だとご存知ありませんでしたか」

「知りませんでした」

ひとしきり笑った茅島が顔を上げる。椎葉がわざとらしく顔を背けて見せると、唇が追ってくる。

まるで追わせたくて顔を背けたように感じてしまって、椎葉は眉を顰めた。

「では、是非覚えておいてください」

茅島が椎葉の頬に手を添えて顔の向きを促しながら、唇を合わせてくる。

私だけを見ていればいいだとか忘れられないようにするだとか、言われるまでもなく椎葉は茅島のことをなんだって覚えている。

このままでは椎葉の中が茅島でいっぱいになって、溢れかえってしまいそうなくらいに。


なりふり構わず茅英組に駆け付けた時には何も考えられなくなって視野も狭まり、手足は血が通わないかのように冷え切っていた。

それなのに、帰り道は全身がのぼせたように温かくなっている。

すぐに失礼すると言ったくせに、結局医者が包帯を替えに来るという時間まで椎葉は茅島の隣で唇を寄せていた。

安静を言いつけられたという茅島がそういう行為に及べないことを安心したとは思わないが、激しく貪るようなものではない触れ合いは、椎葉をむず痒くも幸福な気持ちにさせた。

椎葉が首を伸ばせばすぐにでも茅島に口付けられるような距離で交わす会話はどれも取るに足らない戯言でしかなかった。それが茅島の心を多少なりとも落ち着かせられていたらいいと思う。

これから、茅英組がどうなるのかという不安はもちろんある。もっとも、椎葉が心配するようなことではないかもしれないけれど。

何らかの抗争が原因で組長が襲撃されたという組はいくつもあるし、今回は会長が狙われたとあれば茅英組だけの問題ではない。

茅英組に肩入れしている、という自覚はあった。自覚があればいいというものではないが、無意識よりはずっといい。

定例会の最中末席に座る茅島を無意識に視界の端に止めておいてしまうのも、ひとつの小さな組に肩入れしてしまうのも、今ははっきりと自覚している。

茅島が危険な目に遭って椎葉が生きた心地がしないのと同じ理由だ。

「先生、下までお送りします」

茅島を医師に任せた柳沼はそう言って、椎葉と一緒にエレベータに乗り込んだ。

もともと無頼漢という出で立ちでもない柳沼だが、やはりこの大事に顔色は青白く、やつれているようにも見える。

命の危険こそなくとも家長が怪我を負うということは、若頭である柳沼には椎葉の想像もつかないほどの負担があるのだろう。

堂上会長を救ったのだという名誉はありこそすれ、その会長から寵愛《ちょうあい》を受けている茅島の立場を面白くないと思うものには今は絶好の機会となるかもしれない。

「……お疲れのようですね」

裸の蛍光灯が瞬く古ぼけたエレベータの狭い筐体の中で、椎葉は窺うように声をかけた。

柳沼が小さく首を竦めて、肩越しに苦笑を覗かせる。

椎葉の勝手な思い込みかもしれないが、柳沼はこれまでずっと暴力の世界に生きてきた人間というようには見えない。茅島も柳沼のことを頭の切れる男だと褒めはするが、腕っぷしについては語らないのが何よりの証拠だ。

そんな人間が茅島の代わりに、束の間とはいえ組を預かるような真似をするのだ、疲れないはずがない。

「あまり無理をしないでくださいね」

自分と同じくらい細く見える柳沼の肩を見ながら椎葉が言った時、エレベータが一階に到着した。

「……先生は、お優しい」

ふと息を吐くように笑った柳沼が扉の開くボタンを押し下げながら呟くように言った。

こんな時に椎葉のような生ぬるい気休めの言葉なんて何の意味もなさないのだろう。柳沼は呆れているのかもしれない。しかしこんな時に柳沼まで倒れてしまったらと思うと、無理をして欲しくないのは掛け値なしの本心だ。

「茅島さんの代わりがいないように、柳沼さんの代わりも誰にも果たせるものではありません」

エレベータを降り、ここまで見送ってもらった礼をするべくビルの入り口で足を止めて柳沼を振り返る。

外はもうすっかり夕焼け色を帯びていた。

「そんな大層なものではありません」

柳沼は視線を伏せて、小さく口元を綻ばせたようだった。いつもの微笑みとは違う、少し卑屈そうに見える。それもやはり、疲れがそうさせているのか。

茅英組がまたいつも通りに落ち着きを取り戻せるのがいつになるのか、椎葉は胸を痛めた。

茅島の怪我が治ったからと言ってすぐに元の状態に戻れるわけではないだろう。怪我が治ってからのほうが、茅島は多忙になるかもしれない。

あんなことを言ったって、茅島は自分の体が動くようになれば組のために動くので精いっぱいで椎葉なんて二の次になるだろう。一家の主たるもの、そうでなくてはいけないとも思う。

しかし、これでもうしばらく茅島に会えなくなるのかと思うと寂しい気がした。

怪我は見舞った。これ以上会う口実は見当たらない。

椎葉が茅英組にやってきても柳沼の気遣いを増やしてしまうだけだし、これから抗争でも始まれば椎葉は組への出入りを禁じられるだろう。

「では、これで」

後ろ髪引かれる思いを噛み殺して椎葉が頭を下げた時、背後で車のブレーキ音が聞こえた。

「所長」

聞き馴染みのある声を振り返ると、運転席から宇佐美が顔を覗かせている。

「宇佐美くん？　どうしたの、一体……」

もしかして、急ぎの依頼でも持ち込まれたのだろうか。今更ながら長時間事務所を空けてしまった責任を感じて、急に現実に引き戻される。

「こちらで呼ばせていただきました」

慌てて車に駆け寄った椎葉の背後で、柳沼が笑う。

「宇佐美は今先生の事務員だというのに、出過ぎた真似をして申し訳ありません。どうしても先生の送迎にうちの人員を割けなかったもので」

運転席から腕を伸ばして助手席のロックを外した宇佐美に、柳沼が小さく手を掲げる。

気心の知れた友人関係といったようなさり気ない挨拶だった。

「そんな、わざわざ送迎なんて」

宇佐美を事務所から呼び立てたことを失礼だとは微塵も思わないが、たかだか電車で二駅の距離だ。しかも今日は椎葉が勝手に押しかけてきただけなのに。

椎葉が恐縮して柳沼を振り返ると、思いがけず強張った面持ちがあった。

「先生。一般の方にご迷惑をかけることは考えられませんが——念のため、今後はお一人での行動を謹んで下さい。できれば、あまり外は出歩かれませんよう、お願い致します」

背筋を伸ばした柳沼が、厳かに頭を下げる。

こちらまで緊張が伝わってくるようだ。

「所長、どうぞ」

知らず唾を飲み込んだ椎葉を和ませるように、宇佐美の柔らかな声が助手席へ呼んだ。

間もなく十七時。宇佐美も終業の時刻だ。

椎葉の送迎が必要なことだというのはわかったが、それでも宇佐美を残業させるのは気が引ける。

椎葉は柳沼にもう一度頭を下げてから助手席へ急いだ。

「先生を頼んだよ」

運転席を覗き込んだ柳沼の声が聞こえる。

椎葉に向けられたものよりも低い。親しい間柄ならではの飾らない声音ということなのだろうか。

助手席に乗り込んだ椎葉がシートベルトを着けると、運転席側から車内を覗き込んだ柳沼が長い髪を揺らして会釈をよこした。

「それでは先生。お気をつけて」

柳沼に「それじゃあまた」と簡単な挨拶をしてから宇佐美は車を発進させた。

駅前の交通量の多い道もスムーズに入っていく。

車が角を曲がるまで、バックミラーには見送りをする柳沼の姿が映っていた。

「それにしてもこの車、どうしたの」

「借りてきました。所長をお迎えするために」

鼻歌でも口ずさみそうな様子で、宇佐美はなんでもないことのように言う。

椎葉が訪ねてから柳沼がすぐに宇佐美に連絡をしたとして、宇佐美はすぐにレンタカーを借りて、いつ出てくるとも知らない椎葉を待っていたというのだろうか。

さすがに、申し訳なくなってくる。

柳沼が気を回し、宇佐美が待っている間椎葉がしていたことといえば茅島と戯言を囁き合っていたくらいのものだ。

いい歳をして、他人に迷惑をかけてまで何をしているんだと恥ずかしくなってくる。

椎葉は項垂《うなだ》れるように顔を伏せて小さくありがとうと呟くので精一杯だった。

「ところで茅島さんの具合はどうでしたか？」

幹線道路にハンドルを切りながら、宇佐美が大して関心のない様子で言う。

宇佐美にしてみれば友人の会社の社長、という程度の認識なのだろう。しかし茅島という言葉が人の口から出てくるだけで今の椎葉は胸が騒いだ。

「あ、……うん、大事はなかったみたいだよ。茅英組の人は犯人探しに奔走しているようだけど」

椎葉が忙しくなるのは、彼らが犯人を突き止めた後だ。

茅島に血を流させた人間に、どう罪を償わせようかと今のうちから考えておかなければならない。

もっとも椎葉は弁護士だし、断罪などできない。しかし決して許すこともできない。もしかしたら今頃茅島がこの世にいなかったかもしれなかったと考えると、無事を確かめた今でも震えが起きそうなのに。

「……そうですか」

急に声をくぐもらせた宇佐美が、大きくハンドルを切った。

「宇佐美くん？」

事務所に帰るなら、今の道はまっすぐ進んで間違いないはずだ。

線路沿いに大通りをまっすぐ行けば車ならばものの数分で着いてしまう。道が渋滞していたというわけでもない。椎葉は運転席の宇佐美の横顔を窺った。

運転は確かに落ち着いていて、慣れているようだ。だけど慣れない道だから誤ってしまったのかもしれない。

「道が違うんじゃないかな」

やんわりと言って、中央に取り付けられたナビに手を伸ばす。

この先は一方通行の立体交差があるし、下手をすればうんと郊外に行ってしまう。勤勉で聡い宇佐美に限って慌ててしまうようなことはないだろうが、椎葉は方向転換を促した。

「所長」

ナビに住所を打ち込もうとする椎葉の手を、運転席の宇佐美が弾いた。

顔を上げると、宇佐美は正面を見ながら微笑を湛えている。

「大丈夫ですよ、きちんと目的地までお連れしますから」

まさか、手を弾かれたなんて勘違いだろうと、椎葉は思うように努めた。宇佐美のいつもと変わらない穏やかな表情を見ているとそう思える。

しかし車は椎葉法律事務所に背を向けてビル街を抜け、宅地販売の看板が目立つ寂れた方へと進んでゆく。

方向指示器を出し、ハンドルを切る。もう三十分も走っただろうか。たった数分間の送迎だったはずなのに。

「茅島さんを撃った犯人ですが」

思わず言葉をなくして宇佐美の横顔を眺めているだけの椎葉に、宇佐美が続けた。

「実は、心当たりがありましてね」

椎葉の知らない郊外の住宅地を、宇佐美はナビも見ずに勝手知ったる道のように躊躇わず進んでいく。

宇佐美が何を言っているのか、にわかには理解し難かった。

友人がたまたま暴力団の構成員だというだけで、自分はこの世界の人間じゃないとさっきも言ったばかりの宇佐美の笑みは微動だにしない。まるで仮面に張り付いた人工的な表情のようだ。フロントガラスを見詰めている眸は暗く、光がない。

まだ空は少しだけ明るいというのに、車内がぐっと冷え込んだ気がした。

「――……どうして、宇佐美くんが？」

驚くことも、得体の知れない恐怖を覚えるのも忘れて椎葉は自分の声がやけに乾いていると感じた。

宇佐美は、いつものように小さく声を上げて笑った。

心がざわめく。

柳沼が何か情報を掴んでいて、それを宇佐美に零した——そんな風には受け取ることのできない空気がある。

「柳沼くんは、それを知ってるの」

それが、一番の問題だ。

こうしている間も柳沼は自分の組の家長を手にかけた相手を探している。椎葉が弾かれたように運転席の宇佐美に身を乗り出した時、車が急停止した。

「所長」

車が止まったのは広い空き地だった。

また開拓されていない山肌の見える道に、他の車の影はない。

ただこれから建てられる建売住宅用の資材置き場だろう、大きな倉庫が野晒しになっている。

その前で、宇佐美はサイドブレーキを引いて、シードベルトを抜く。

それからゆっくりと、椎葉を振り返った。

「手の付けられない猛獣を捕獲するには簡単な方法っていうのがありましてね」

宇佐美は微笑んでいる。椎葉は助手席のシートに背中を押し付けるようにして、身を引いた。

「好物の餌を吊るしておけばいいんですよ。——わかるでしょう？」

宇佐美の手が伸びてきた。

椎葉が鞄を摑んで身構えると、宇佐美は一瞬笑顔を崩し、きょとんとして目を瞬かせた。

やがて、静かに肩を震わせて笑うと椎葉の体の前を通った宇佐美の長い腕が、椎葉のシートベルトを外した。

「所長、降りて下さい」

すぐに宇佐美は身を引くと、運転席の扉を開いて車外に出た。

まるでそのタイミングを計っていたかのように、空き地の向こうから二台の車が駆けて来る。シルバーに塗られた長い車体の、いかにも堅気では乗り回さないようなイタリア車だ。

「所長」

いつまでも助手席で固まっている椎葉を急《せ》かすように、宇佐美は声を上げた。

「あんたは餌だ。せいぜい血臭を振り撒《ま》いて、茅島を呼び寄せて下さいよ」

助手席を覗き込んだ宇佐美は、相変わらず笑っている。

蛇口から雫が落ちる。

水滴がステンレス製のシンクに引きずり下ろされるのは地球に重力があるためだ。

水滴が完璧な球体を描くのは、表面張力のせいだ。

柳沼はそれを美しいシステムだと感じるが、自然の力を素晴らしいと賞賛する思考回路も、仕組まれたシステムに過ぎない。

この星に生まれて、この世にある限りの恩恵を預かって生きてきたから、それを尊敬せざるを得ないというだけだ。

柳沼は一度空にしてしまった容器にもう一度蛇口を捻って、水を張った。

今度はその淵で表面張力を見出《みいだ》そうとしたが、コップから溢れ出した水は、柳沼が手に取るとさざなみをたて、目減りしてしまった。

シンクの上にあらかじめ用意しておいた白い錠剤を手繰り寄せ、冷たい唇に押し込む。

気をつけていないと指先まで齧み砕いてしまいそうだった。

カーテンを引いた部屋の暗さが、柳沼の視神経を撃つ。

浴びるようにコップの水を呷った。一杯飲み干して、もう一杯、水を汲む。蛇口を締めるのもまどろっこしくなってきて、四杯目を飲み干すまで水を流し続けた。

五杯目の水を貯めて、ようやく柳沼は一息吐いた。

シンクの上で、コップが横倒しに転がった。

茅英組の事務所にはガラスで作られたグラスがない。皿も、陶器のものは一枚もない。

すべてモトイが割ってしまうせいだ。

プラスチック製のコップがシンクの上で鈍い音をたてて揺れる。

もう世界の音が、頭に鳴り響くことはない。

「柳沼さん」

険しい顔をした組員が外から戻ってくるなり大きな声を張り上げる。柳沼はそれをゆっくり振り返った。

「菱蔵組の野郎がさっきうちのシマ歩いてたって――……」

「そう。でも、大丈夫だよ」

シンクに凭れかかって、大きく息を吸うと柳沼は若い組員を安心させるようにいつも通り微笑んで見せた。

そう、大丈夫だ。

柳沼は手に残る震えをもう一方の手で固く握りしめると、もう一度自分に言い聞かせるように呟いた。

すべては予定通り進んでいる。

「先生、悪く思うなよ」

そう言った青年の目が笑っている。

椎葉は青年の顔を二度と忘れることがないように見据えた。

「そんな顔で睨み付けないでくれよ、俺だって、どうせ縛るなら豊満な女の方が良いんだ」

青年は、堪えきれないといった風に笑い声を漏らした。

椎葉の腕を後ろ手に縛り、一度漏れ始めた笑いに肩を震わせている。それを遠巻きに眺める男たちの中からも下卑た笑い声が漏れ始めた。啜り泣いているのかと聞き間違えそうな、妙な笑い声だ。それは壊れた人形のように絶えず、薄暗い小屋の中に響いた。

「だからお互い様ってことで。なぁ？」

ギリ、と青年の手の中でポリエチレン製の紐《ひも》が軋む音をたてた。

まるで伸縮性を持たず、椎葉の手首から先を鬱血《うっけつ》させる。

「ところで俺ら、今ンとこ罪状どんなもんっすかねぇ？」

腹を引き攣らせるようにして笑い声をあげている別の男が椎葉に声をかけた。

その乾いた唇の中に歯はまばらにしかなく、たびかさなる喧嘩でそうなったのだろう、鼻も曲がっている。妙に背中が丸くなって、目には狂気が宿っているように見えた。

椎葉は答えなかった。

ただ、ここを出たら彼らの人相書きをいくらでも出来るように神経を集中させた。

宇佐美は彼らを、能城の舎弟たちだと言った。しかしどの顔も、椎葉には見覚えがない。能城が別に構えた事務所に詰めている若い人間など、椎葉には目にかける機会もないのだから仕方がないのかもしれないが。

あるいは、一度でも能城の誘いに乗ることがあれば見かけることがあったのか。

今となっては、能城のあの知性の欠片《かけら》もないような誘い文句だって、椎葉をこうして捕らえるための口実だったとしか思えない。

「馬鹿言うなよ」

椎葉を遠巻きに眺める男たちの中で、唯一スーツを身に着けた男が鼻で笑いながら口を挟んだ。

彼らの中ではそれなりの立場にある者かもしれない。しかし、身なりが整っているのは洋服だけで、宇佐美のような賢しさは感じられない。

ただ、椎葉という餌を前にして嘲笑を堪えきれない男たちの中で、唯一スーツの男だけが笑みを浮かべていないことが、彼を一段上の男に見せている。

「先生がここから出られることでもなければ、罪状もクソもねぇ」

スーツの男は小屋の中に積み上げられた木材の端に腰掛けて、鞄を開いている。

さっきまでは携帯電話で何やら連絡を取り合っていたようだ。相手が能城なのか、茅島なのかはわからない。

宇佐美に引きずり下ろされるようにして車を出てから、走っては逃げられないだろうと察した椎葉は鞄の中の携帯電話に手を伸ばした。しかしそれを悟られて三発ほど殴られただろうか。まだ口の中には鉄の味が広がっている。

項垂れるように首を折った椎葉の肩を、青年が何重にも紐で縛った。手慣れた手つきだ。

足首は既に捕らえられ、ご丁寧に近くの柱にまで括りつけられている。

椎葉はこの歳になるまで、人に力いっぱい殴られたことなどなかった。喧嘩なんてガラではないし、理不尽な暴力を振るうような人間と接する機会もなかった。

しいて言えば、茅島に無理やり身体を開かれたあの日、力づくで押さえられたくらいのものだ。

椎葉を「餌」に取られた茅島は助けに来るだろうか。

肩を撃たれているのだ、本人が助けに来ることはないかもしれない。柳沼やその傍らにいたモトイや、若い衆が、彼の遣いで来るかもしれない。

だとしたら、警備の手薄になった茅島の家が危険に晒されるのか。

椎葉は悪い想像で頭がいっぱいになり、思わず目を瞑った。

自分の甘さに苛立ちと悔しさ、無念さを覚えて身震いが止まらない。しかしそれを男たちに悟られたくなくて、歯を食いしばって堪えようとした。こんな下種《げす》な男たちの前で涙のひとつでも流したら、酷い目に遭うのはわかっている。

骨が軋むほど奥歯を齧み締めた椎葉の頭を、紐を持った青年がぐっと摑んだ。髪をわし摑みにして、椎葉の顔を仰向かせる。

容赦ない力は椎葉の喉を晒して、思わず椎葉は咳《せ》き込んだ。その口元に、ビニール紐がかけられた。猿轡《さるぐつわ》のように横断された紐が頭の後ろで結ばれる。声をあげさせないためというよりは、舌を齧み切らせないためのようなものか。

椎葉は咳き込みながら唇の両端に食い込む紐に唾液が漏れないように、喉を嚥下させた。

「おい、口は塞ぐなよ馬鹿」

まるで蓑虫《みのむし》のようになった椎葉を取り囲んで笑う男たちの影が、椎葉の足にかかった。輪が狭められている。

椎葉は、震える目蓋をきつく閉じた。

死ぬまで暴力を振るわれるというのはどれほど苦しいものなのか、わからない。

今までいくつもの判例の中で、目を背けたくなるような私刑の報告を読んできた。中には、その暴力を振るった被告側である堂上会系の人間を弁護する仕事もあった。

自分が被害者になるなどと考えたこともなかった。

「どうせこんな山ン中じゃどんだけ叫ばれたって聞こえねーって」

背後から後頭部を蹴りつけられて、椎葉は硬い床の上に横倒しになった。床に散らばった木屑《きくず》が舞い上がる。

「殺すなよ」

椎葉を取り囲んだ男たちの向こうから、スーツの男の声が聞こえた。

はーい、と誰かのやる気のない声が響く。

「あんたも茅島なんかとツルんでなきゃこんな目に遭わなくてすんだのになぁ？」

床の上に転がった椎葉の髪を摑んだ男が、椎葉の身体を起こした。

まるで玩具《おもちゃ》の取っ手のように髪を何度も摑まれていて、椎葉は頭皮の痺れるような感触に慣れ始めていた。それでも自分の体重すべてを任された髪は椎葉の耳にも響くほどぶちぶちと千切れている。

「つーか、茅島ってアレだろ？　こいつのケツ掘って遊んでるんだろ」

抵抗のしようもない椎葉の身体を立ち上がらせた男が、そう言って椎葉の下肢に手を伸ばした。

「ッ！」

反射的に、椎葉は身を捩った。

心のどこかで観念していたはずだった。これから想像を絶するような痛みがあるものだと。しかし。

「おいおい、ビクッてなっちゃってるよビクッて」

振り返った男が大きく口を開いて笑った。

身を捩った椎葉がバランスを崩した先で、別の男が椎葉の身体を抱きとめる。その腕が、椎葉の体をスーツの上から乱暴に弄った。

「センセーのケツの具合ってそんなにいいの～？」

ふざけた口調で言いながら椎葉の身体を拘束し、ぴたりと閉じて縛り付けられた椎葉の股間に掌を伸ばしてくる。

「――ッ！　む、っぅ……！」

椎葉はその場で身体を跳ねさせるようにして抵抗したが、股間に腕を差し入れられながら上体を拘束され、思うように振りほどけない。しまいには、男が椎葉の尻の後ろで腰を振り始めた。

「あー、やべぇ。勃つかも。俺勃つかも」

甲高い声で笑いながら、男はぐいぐいと椎葉の背後に股間を押しつけてきた。椎葉の前を押さえた手は揉みこむように蠢きながら、椎葉が逃げられないように押さえつけている。突き上げるような動きを真似る股間に。

「――っ、ンぁッん、むぅ、ぅ……ッ！」

椎葉に出来ることと言ったら首を思い切り振り、肩をばたつかせるばかりで、足元から言いも知れない怖気だけが這い上がってくる。

目の前には、息がかかりそうなほど輪を狭めた男たちが次第に目の色を変えてきているのがわかる。

椎葉は堪らずに目を閉じた。

茅島のことを思い出したくても、こんな男たちに触れられながら彼のことを思い出すなんてことは、できそうにない。そんなことをすればまるで彼を侮辱するように感じる。

「先生感じちゃってんじゃないの？」

「茅島が来た時、こいつが俺らのチンポ咥えまくってたら面白くね？」

視界を閉ざした椎葉の身体に、別の男の手が伸びてきた。二本どころじゃない。

「センセー、茅島の情夫《オンナ》なんだろ？」

耳もとで濡れた声がして、椎葉は目を瞠った。

視界いっぱいに、好色に駆られた下種な男たちの紅潮した表情が飛び込んでくる。全身が粟立って、しかし怒りで腹の底が熱い。

違う。

茅島にとって、自分なんて遊びに過ぎない。

きっと、確かめたことはないけれど他にも複数いる割り切った関係の人間と同じ存在でしかない。

甘い戯言を囁くのだって茅島は慣れているようだった。それに溺れそうになるのは椎葉に免疫がないからだ。

自分は茅島にとって特別な存在ではない。だから、自分を餌にしたって茅島はここへは来ないだろう。来ないで欲しい。どうか、お願いだから。

「お前、縛る前に脱がしとけよ、馬鹿」

きつく締め上げられた紐の下で、スーツのボタンが千切れ飛んだ。隙間からざらついた指が忍び入ってくる。

舌をビニール紐に邪魔されて、静止の声もうまく紡げない。苛立ちと恐怖心、純粋な気持ち悪さで椎葉は身を強張らせた。

「ァ——……ッえ……ッぁ、め……ぅ、」

やがて、生臭い息を吐く唇が椎葉の唾液を漏らした口元に吸い付いてきた。

「ッ！　んンぅ——……っ！」

顔を背けて身を捩る椎葉の唾液を、ちゅぱちゅぱと音をたてて吸いあげられる。頭を押さえつけられ、紐を咥えさせられているせいでぴたりと口を閉ざすことができない。

身を逸らし、腰を捻って振り解こうとしても、背後から羽交い絞めにされ、上体には乳首を探し当てようとする掌、下肢には股間を弄る手、背後にも勃起した男の腰があって、椎葉は不明瞭な大声を漏らすのが精一杯だった。

まるで獣の声だ。

椎葉の声は割れ、小屋の中には響き渡るが、恐らくそれを聞きつける善良な市民はいない。

こんな目に遭うくらいなら、殴られ、蹴られ、肉を削《そ》ぎ落とされるほうがどんなにか良い。

こんなことは、卑怯者のすることだ。

しかし、醜悪な暴力の下にあっても椎葉ができる抵抗なんて何ひとつないのだと思い知らされる。

この後、もし彼らの罪を詳らかにする機会があるとしてもそれは椎葉が汚されてしまった後だ。

弁護士なんて、事件が起きた後でなければできることが何もない。

自分の無力さに絶望して、体の力が失われそうになる。

「ケツんとこに穴あけようぜ、これじゃチンポぶち込めねぇし」

椎葉がどんなに声を上げても、男たちの嗜虐《しぎゃく》心をかきたてるばかりなのか、ナイフを手にした男が近付いてきた。

スーツを脱がすことが出来ずに焦れていた男が、名案とそれに同調して身を引く。

新品とは思えない——使い込まれたような黒いナイフが、椎葉の頬に鈍い光を反射した。

ひく、と喉が引き攣るのがわかる。

いっそその刃で一思いに突き殺してくれたら良い。

そう思いはするのに、その凶暴な刃を見るとどうしても恐怖心が沸き立つ。

それでも、このままこんな男たちの慰み物にされるくらいなら、死んだほうがましに決まっている。

「はーい、センセー、ケツに二つ目の穴が開いちゃわないようにじっとしてて下さいねー」

一時腰を離した男が、椎葉の体を強引に二つ折りに上体を屈ませた。

下肢を突き出すように強いられた椎葉の顔の前には、隆起した男の股間がある。ぞっとした。

茅島に強引に抱かれた時は、不思議と汚されたとは思わなかった。

むしろ茅島を不快にさせてしまったのではないかと、どうしたら許してもらえるものかとそればかり考えていた。

椎葉は最初から、茅島を許していた。

ずっと、憧れていたからだ。茅島がどんなに驕《おご》らない人柄なのかも知っていたし、椎葉をまっすぐ見つめてくれたから。

自分を認めてくれるあの人に、少しでも近付きたいと思った。隣に並べる存在になりたいと、必要とされたいと願った。

茅島に体を暴かれることは、背伸びをしてでも彼に見合う男になろうとした椎葉を剝き出しにされるようで恐ろしかったけれど、こんな嫌悪感はなかった。

あるいは、恋をしていたのかもしれない。

茅島に抱かれるよりも前から。

こんな気持ちになったことがないから今までわからなかった。これが死ぬ前の走馬灯のようなものだとしたら、なんて滑稽《こっけい》で切ないものだろう。

身を強張らせて目を瞑った椎葉の瞼の裏には、茅島のことしか浮かんでこない。

「お前ら楽しそうだな」

低い声と、足音が近付いて来た。スーツの男か。

「茅島がまともに女作ってりゃ俺らももっと楽しいんですけどね」

椎葉を浚うしかなかったということは茅島が可愛がっている特定の女はいないということなのか。

椎葉はこんな状況下にあって、下種な男の一言に心のどこかで安堵した。

茅島に女がいても仕方がない、それは当然のことだと覚悟するように努めていた。でも、その反面でその事実を知りたくないとも思っていた。

椎葉にとって茅島しかいないように、茅島にとっても椎葉が特別な存在だったらと。

背後で、布の裂ける音がした。

「——…ッ！」

束の間安堵した椎葉の身体が、下肢を擽る外気の冷たさに反応するように竦みあがった。反射的に上体を上げようとした椎葉の頭を、男の屈強な腕が押し下げる。

その先にある勃起に、椎葉の顔を押し付けるように。

「むぐ……ッぅ、ン…ぅ！」

顔を逸らそうとしても、椎葉の頭を抑えた男は笑い声を漏らしながら腰を突き上げてくる。薄汚いジャージに包まれた怒張を誇示するように。

その間にも背後では露にされた椎葉の下着を摘み上げ、男がナイフの刃を押し当てる。薄い生地が切り取られる鈍い音が、世界の終わりのように聞こえた。

「ケツの穴丸見えっすよ、せーんせ」

背後からの揶揄《やゆ》の声。椎葉の目の前ではジャージに手を掛けた男が、その中の勃起を引き出そうとしている。

椎葉はビニール紐を食い縛った。下肢に、誰のものとも知れない指が触れた。

「おい」

いつしか熱い息を弾ませる男たちの中に、スーツの男の声が響いた。椎葉は思い切り目を瞑ったまま、全身を硬直させるしかなかった。

「能城さんからもらってきてんだ。どうせなら先生も愉しんだ方が良いだろ」

男はそう言って、四つん這いにされた椎葉の傍らにしゃがみこんだ。

おかげで、ジャージを引き下げようとしていた男の手が止まる。椎葉はゆっくりと目蓋を開くと、男の手元に視線を向けた。

そこには、真新しい注射器があった。

「あっは！　そりゃ言えてる」

椎葉の下肢を叩きながら、誰かが笑った。

「薬キメてチンポぶち込まれりゃ、もうまともじゃいられないっすよねぇ」

「馬鹿、もともとこのセンセーはチンポ狂いだろ？　茅島の男なんだからさ」

にわかに盛り上がった男たちの歓声とは裏腹に、椎葉はさっと血の気が引いていくのを感じていた。

スーツの男の手の中にある注射器にはほとんど透明の液体が既に充塡《じゅうてん》され、銀色の長い針が輝いている。

「先生に恨みはないんですよ。だから辛い思いさせるよりはってね、能城さんの心遣いってやつで」

注射器を片手に持った男が、椎葉の自由のきかない腕を摑んだ。既に乱された着衣を掻き分け、肌を露出させる。

注射器のシリンダーを押し込んだ。針の先端から、液体が漏れ出る。手慣れている。

椎葉は僅かに、身を引いた。

しかしもともと男たちに押さえつけられた身では、数ミリさえも動けなかっただろう。

「じっとしてて下さいね。先生だって針で肉ン中掻き回されたくないでしょう」

静かな男の声が、妙に恐ろしく感じた。

「どうせ掻き回されんだったらチンポの方がイイってよ」

下卑た男の揶揄も、椎葉の耳にはうつろに聞こえた。

静脈に薬を打たれたら、さすがに正気は保てないだろう。茅島が助けに来てくれても、くれなくても、椎葉にはわからないかもしれない。

肌に対してほぼ平行に、注射器が押し当てられた。

鋭い針が、椎葉の肌をぐっと押す。椎葉は目を瞑った。その時。

「がぁッ！」

獣の咆哮のような声がした。

椎葉の頭を抑えた男が顔を上げる。スーツの男も一度椎葉から注射器を引いた。

「――見ない顔だな。どいつもこいつも育ちの悪そうな顔だ。……その人に触った汚い手を、残らず引き千切ってやろうか？」

低い、地響きのような声だった。

躊躇した男たちの手が緩み、椎葉は身体の自由を取り戻して振り返った。

そこには、茅島が立っていた。

薄暗い小屋の中に光が差し込んでくる。それを遮るように立った茅島の姿は逆光になってよく見えない。

椎葉はしばらくそれが自分の願望が見せた幻なんじゃないかと疑って、身動きができずにいた。

影は唸るように言った。驚くほど静かな声だ。

「意外と少ないな」

椎葉を取り囲んでいた男たちが次々と立ち上がって、影に向かって身構える。今まで落ち着いて眺めることもできなかったが、八人の男が影――茅島に向き直っている。

もっとも、一人は既に白目を剝いて転がっているからさっきまで九人いたということになる。

空気が良いとは言えない小屋の床には木屑や埃《ほこり》が降り積もっている。少しも怯《ひる》む様子を見せずに悠然とした足取りで小屋に歩み入って来る茅島の靴の下でざらついた音が響くと、男たちは一歩退いた。

茅島は男たちを静かに見据えたまま、柱に縛り付けられた椎葉の傍らで足を止めた。

八人もの男たちが微動だにできないほど殺気立った気配を放っているのに、椎葉は不思議と恐れを感じずにその顔を仰いだ。

——茅島だ。

幻なんかじゃなかった。

「先生」

数時間前と同じ声で優しく椎葉を呼んで、茅島が傍らに膝を折った。

それだけで、安堵感がこみあげてくる。

安心などしてはいられないし、被弾している茅島が単身で乗り込んでくるなんて椎葉は望んではいなかった。そう言って怒ってさえやりたいのに、どうしようもなく嬉しさでいっぱいになる。

「ご迷惑をおかけしました」

卑劣な連中に捕らえられた椎葉の無力さを痛ましそうに見るでもなく、茅島はやはり眩しげに双眸を細めると椎葉に手を伸ばした。

砂利で汚れた髪にその指先が触れた瞬間、椎葉の意思とは裏腹に体がびくりと大きく震える。

すぐに茅島は一度手を引いた。

違う。茅島に触れられるのはもう、恐ろしくはないのに。

あわてて椎葉が縋るように仰いだ。

「どこか痛みますか？」

失礼しますと一言詫びた茅島が胸のポケットからナイフを取り出して、椎葉の頭の後ろで不器用に括られたビニール紐を断つ。椎葉の唾液に濡れた紐が床の上に音もなく落ちると、椎葉は短く咳き込んでから首を左右に振った。

「傷の具合は、……大丈夫なんですか」

掠れた声を上げると、口の端が焼け付くように痛い。小屋に入る前に殴られた傷だ。眼鏡も外に落としてきてしまって、茅島の顔をはっきり見ることができない。

擦り剝いた椎葉の頰に掌を押し当てて砂利を撫で落としながら、茅島は手足を拘束するビニール紐を一本ずつ切り落としてくれた。

大丈夫なはずはない。

出血も多かったと聞いているし、こんな風に外を歩ける状態ではないのに。

まさか一人で来たわけではないでしょう、と椎葉が声を潜めようとしたその時、茅島が背に回した男の内の一人が吼《ほ》えた。

「茅島さん！」

椎葉は咄嗟《とっさ》に、叫ぶような声を上げていた。

茅島は振り返らなかった。邪魔な蠅を振り払うように、椎葉の紐を解いたナイフを頭上に翳《かざ》す。

ぎゃっ、と短い声をあげた男が手に持っていたのであろう角材を落として、後ろによろめいた。

「——この通り、すっかり良くなりました。安心して下さい」

茅島はぐるりと肩を——包帯で固定されたのとは逆の肩だが——回して見せて、椎葉の髪を一撫でするとゆっくり腰を上げた。

息を少しも乱れさせないまま背を向けた茅島を見上げる。

茅島のナイフで鼻を削がれた男の悲鳴が響いて、耳を劈《つんざ》くようだ。

椎葉は息を詰めて、自由になった体を自分の腕で抱き寄せた。ぼろ布のように切り刻まれた服を掻き合わせて、握りしめる。

茅島を前にした男たちは視点が定まらず、完全に気圧されているように見えた。この中で一番重傷を負っているのは、茅島のはずなのに。

「さて、」

茅島が小さく溜息を吐くように口を開くと、茅島を取り囲んだ男たちが一斉に各々《おのおの》の武器を構えた。

ナイフを握る者もいれば、鉄パイプを振りかぶっている者もいる。拳銃《けんじゅう》はないようだ。とすれば、この中に会長を狙った人間はいないのかもしれない。あるいは、この小屋のどこかから茅島を狙っているのか。

椎葉は強張る体を奮い立たせて周囲を窺った。木材や資材が積まれた小屋の中には死角も多い。自分にできることといえば、茅島の第三の目になることくらいだ。

茅島も手の中のナイフを持ち変えて、姿勢を低くした。

「——来いよ」

茅島は笑った。

その低い呟きにも似た声を合図にするように、二方向から男が襲い掛かってきた。一人は鉄パイプで茅島の頭を、もう一人は丸太のような腕で茅島の腹を捕らえに来た。

振り下ろされる鉄パイプを避けて身を沈め、突進してきた巨体にナイフを突き立てる。硬い筋肉に覆われた腕にナイフの刃を持っていかれた茅島は、すぐにその柄を手放して男の眉間《みけん》を打つ。男の頭は大きく揺れて床の上に転がった。

鉄パイプを振り回す男の足を掬い、床に這わせるとその腕から凶器を毟り取って背後から突き出されたナイフを薙《な》ぎ払う。

五人目の男の頭を横面から思い切り鉄パイプで振り抜くと、チンピラ風情なジャージ姿の男はあっけなく近くの壁に背中を打ち付けて二度ほど痙攣し、床に倒れこんで動かなくなった。

茅島の代わりに周囲に気を配らなければと思うのに、力強い茅島の姿につい目を奪われる。

椎葉が改めて薄暗い小屋の中で立っている男の頭数を数え直すと、あと二人だけになっていた。茅島が着いた時、傍らにいたスーツの男の姿がない。

茅島は汗の滲んだ額を拭いながら、床の上で悲鳴を上げ続けながらのた打ち回っている男の肩を踏みつけて黙らせた。

しかし、その茅島自身のスーツの袖口《そでぐち》から鮮血が滴っている。

「茅島さん……！」

思わず椎葉が声を引き絞ると、茅島は緩く手を掲げて苦笑を浮かべた。

自分の無力さが歯痒い。

震える足を叱咤して何度も立ち上がろうとするのに、血の匂いを濃くしていくばかりの小屋の空気に気を失わないでいることくらいしかできない。

椎葉が今立ち上がって応戦しようにも、茅島の足手まといどころか手を出す暇もないだろうけれど。

「さあ、終《しま》いにしようか」

誰のものともつかない髪の毛が血と共に付着した鉄パイプを握り直して、茅島は残った二人に距離を詰めた。

既に戦意は喪失している。白い顔をして頬を痙攣させながら、逃げ方を忘れてしまっただけにしか見えない。

茅島はゆっくりと息を吸い込むと、残された男に凶器を振り上げた。

その時、辺りに声が響いた。

「茅島さん」

弾かれたように、椎葉は視線を走らせた。

聞き覚えのある声だった。

茅島の頭上、積み上げられた角材の上に悠然と腰を下ろした人影があった。

短い周期で瞬く蛍光灯の光を遮って茅島を見下ろすその影に、目を凝らす。

「準備運動おわった？」

よいしょ、と声をかけて、彼はその積荷に上った時と同様に音もたてず、まるで猫のようなしなやかな仕草で床に降りてきた。

「そしたら、今度は俺とも遊んでよ」

彼の細い腕に凶器はない。

無防備にも見えるその立ち姿に、椎葉は反射的に背筋を凍りつかせた。

「――俺とか？」

煩いほど鳴り響く心音の向こうで、茅島が笑うような声を出した。

どこか観念したようにも、呆れているようにも聞こえる。

「そーだよ。……茅島さんなら俺の遊び方、知ってるでしょ」

針金のような細長い体を大きく傾けて首を傾げる彼の姿は、つい先日事務所で見たあどけない様子と変わらない。

茅島が、血で濡れた掌にナイフを再度握りなおした。

「ああ、よく知ってる……つもりだよ」

茅島は彼に向き直ると、一度目蓋を閉じ、それからゆっくりと目の前の相手を見据えた。

「――モトイ」

彼は、茅英組の構成員だったはずだ。

どうして、茅島と対峙しているのか。

椎葉は呆然としてその姿を眺めた。

「柳沼さんがね、やっちゃってもいいって。別に茅島さんが悪い人なわけじゃないけど、邪魔だから」

耳を疑ったのは椎葉だけではないだろう。しかし、茅島は微動だにしない。

茅島が撃たれたと椎葉に連絡をしてきたのは柳沼だった。

どうしてわざわざ連絡をしてきたのか、理由がわからなかった。しかし最初から椎葉を餌にするつもりなら、事務所におびき寄せたと考えられる。

友人である宇佐美を椎葉の従業員に据えたのも、一人での行動を控えろと言ったのも、すべて柳沼だ。

茅島の右腕である彼の言うことだから、椎葉は信じた。何も疑いようはなかった。

――おそらく、茅島も。

「邪魔？　……何に」

低い声を絞り出した茅島の足の下で、砂がジリと音をたてた。僅かに身を沈めた音だ。

モトイは笑った。

「さあ？　わかんない。柳沼さんがそう言ってただけ」

モトイは、無邪気に声を弾ませている。

はなから自分は茅島の部下ではなく柳沼のものだったのだと、そう言っているように聞こえた。

足元に転がった木片を拾い、モトイが茅島の顔に目掛けて放り投げた。

茅島は目を閉じることなくそれを払い除ける。咄嗟に負傷した肩を庇《かば》った。モトイはそれを突くように距離を詰めると拳を突き出した。

「ッ！」

茅島が身を翻してモトイの腕を避ける。勢いをつけて繰り出したモトイの拳は宙を切り、上体のバランスを崩した。茅島が一歩退いた。それを逃がす前に、モトイは床に腕をついた。足を振り上げ、茅島の横面を打つ。

鉄板を仕込んだブーツが茅島のこめかみを捕らえる、鈍い音がした。

息を吐く間もなかった。椎葉は瞬きも忘れて二人を見ているだけで、何もできない。

茅島が曲芸染みたモトイの足を鉄パイプで薙ぎ払い、右肩からとめどなく滴り落ちてくる血を振り落とした。飛沫《しぶき》が、コンクリートに黒い染みを滲ませる。

慌てて足を引っ込めたモトイが着地すると、茅島はその脇腹に鉄パイプを突き出した。

手足のリーチではモトイの方が上回っているが、茅島の手には凶器がある。

モトイは、茅島が体重をかけて突き出した鉄パイプを掌で受け止めた。

「茅島さん」

先が伐《き》り落とされたままの鉄パイプの先端は尖っていたようだ。受け止めたモトイの掌からも血が伝い落ちる。しかしモトイも、それを構えた茅島も力を緩めようとはしない。

「俺はね、今日この日のために生きてきたんだ。今まで、ずっと」

モトイの静かな声に、茅島は眉をピクリとも震わせなかった。

「この日のため?」

茅島が口を開いた。

ひときわ強く力を入れた後で、振り解くように鉄パイプを離す。力押しになれば肩の傷に障るのだろう。椎葉は見ていられなくて、掌で顔を覆った。

「――うん」

静けさを取り戻した小屋に、モトイの幼さが残る声が響く。

椎葉は、自分の震える呼吸を飲み下してもう一度おそるおそる顔を上げた。

茅島はじっとモトイを見据えている。

その眸に怒りも憎しみも絶望もなければ、それを見返すモトイにも何の感慨もない。

「俺を殺す日のためにか」

ゆっくりと腰を落としながら、茅島が引き絞るような声で尋ねた。足元には誰かの落としたナイフがある。それを茅島が拾うまで、モトイは鉄パイプを構えようとはしなかった。

「ううん、」

茅島の汗が頬を伝い、顎先に落ちたのが見えた。随分汗をかいている。肩の傷のせいで熱があるのかもしれない。

「柳沼さんに褒められる日のためだよ」

茅島の指先が、ナイフの柄に触れた。弾かれたようにそれを引っ手繰って、茅島が一歩、モトイから退く。

モトイが構えた鉄パイプを、勢いよく振り下ろす。素早く茅島がナイフで受け止めた。派手な音が小屋の中に反響して、椎葉は顔を顰めた。

鉄パイプを払い除けながら茅島が間合いを詰める。モトイは左腕で茅島の肩を摑んだ。頭半分ほど茅島のほうが小さい。分厚い肩にモトイは容赦なく指を食い込ませた。包帯の下、真新しい銃創を探り当てるように。

「――ッ……！」

茅島の顔が一瞬、歪んだ。それを見下ろしたモトイが、鉄パイプをもう一度茅島に向かって振り下ろした。茅島の手の中のナイフが鈍い光を放ってモトイの視界の端を駆けていく。

どっ、と鈍い音が聞こえた。

まるで大きく心臓が跳ね上がったような音だった。

汚れた床の上に、金属音が響く。

一瞬遅れて、茅島がその場に膝をついた。

「――…ッ茅島さん！」

耐え切れず、椎葉は叫んだ。

反射的に床を蹴って、気が付くと椎葉は茅島に駆け寄ろうとしていた。

モトイがぶら下げるように持ったままの鉄パイプに、血がついている。それを見てももう震えは起こらなかった。

床に崩れ落ちた茅島の姿しか見えない。

その茅島が、血に濡れた右手をひらりと動かした。この状況下にそぐわない、目を疑うような手つきで。

大丈夫だからこちらに来るなと、そう言うかのように。

「柳沼さんはさあ、別に茅島さんの舎弟になりたくてなったわけじゃないんだって」

まだ息のある茅島を冷たい目で見下ろしたモトイが、茅島に精神的なとどめを刺そうとするかのように声を張り上げた。

まるで子供の憎まれ口のような口調だが、苛立っているからわざとそうしているようにも見える。

「そうか、……そりゃあ大変だっただろうな。やる気のない人間の働き方じゃなかったぞ、あれは」

軽口を返すような茅島の声が苦しげで、彼が身を起こそうとするとモトイがその背中を鉄パイプでしたたか打ち付けた。

「茅島さん！」

もう一度駆けつけようとした椎葉に、モトイが凶器を振って牽制《けんせい》する。その先端から、どちらのものとも知れない血飛沫が飛んできて椎葉の頬を濡らした。

「そうだよ。茅島さんは知らなかっただろうけど、柳沼さんはずっと一人で苦しんでたんだよ。——……あんな奴の言いなりになって」

初めてモトイの声が沈んで、か細く震えた。

床に打ち付けられた茅島はしばらくその場で息を整えていてから、もう一度床に手をついた。

「あんな奴？　……能城のことか」

顔を上げた茅島を見下したモトイが、一瞬、動きを止めた。

茅島が今どんな表情をしているのか知らない。椎葉からは見ることも叶わない。

しかしモトイの表情に徐々に苛立ちがこみあげてくるのははっきりと見えた。

「柳沼はどうして能城の言いなりになってる。自分で選んだ頭なら、苦しんだりしないだろう」

「うるさいよ！」

ひときわ大きな声を張り上げて、モトイが茅島の肩に鉄パイプを突き立てた。

「ぐ……ッ！」

両手で口を押えて悲鳴を堪えた椎葉の耳に、茅島のくぐもった声が聞こえる。

椎葉は、声を漏らしたきり動きを止めた茅島の指先に飛びつくようにして駆けつけていた。

綺麗に爪が切り揃えられた茅島の指先を確かめるように、手繰り寄せる。血に濡れた手が、冷たい。

いつもはあんなに暖かくて、熱いと感じるくらいなのに。

乾いていてざらついていて、いつも触れられた先から言いも言われぬ感情を覚えた。

「茅島さん、……茅島さん」

口を開けば涙が溢れてきそうなのに、呼びかけずにはいられない。

嗚咽を何度も飲み下して、椎葉は祈るような気持ちで茅島の力ない手を握りなおした。

モトイはもう椎葉を見ようともしない。

さっきまでの彼の眸はまるで狂犬のようなそれに見えたが、今はただ、力を失った茅島の上にだけ注がれていて、静かだ。

まるで茅島を悼むようにすら見える。

腹の底から地獄の釜《かま》のようにぐつぐつと音をたてて湧き上がってくる恐怖心を、押さえ込む。

茅島の手を握った指先がひどく震えて、全身が氷のように冷たくなっていくのを感じる。

恐ろしい。

茅島が撃たれたという一報を聞いた時、少しでも早く彼の傍に駆けつけたいと、脇目も振らずに事務所へ向かった。

しかしそれは、無事に事務所へ帰還した茅島の元へ駆けつけることでしかなかった。

今、茅島が傷つけられている。

駆けつけるまでもなく、椎葉の目の前で。

呼吸もままならないほど胸が詰まって、椎葉は何度も浅く胸を上下させた。

辺りは静まり返っていた。

椎葉は夢中で、茅島の肩を突いた鉄パイプを振り払った。力の籠らない椎葉の腕に、モトイはよろめくように退いた。その足音は硬く、そのブーツがただの靴ではないことが知れた。

椎葉は空いた茅島の胸の上に顔を伏せて、汚れたシャツを握り締めた。

声も出ない。かける言葉もない。このまま茅島の体の中に自分自身が溶け込んで、この命を与えることができたらと思う。

まったく馬鹿げたことで、くだらなくて、現実感のない祈りに過ぎないが、身体の内側が焼け付くほど強く願った。

茅島が助かるなら、何だってする。

「――、……先生」

覆い被さるように椎葉が顔を伏せた茅島の胸が、ゆっくりと起伏した。

消え入るような茅島の声が聞こえたかと思うと、自分でも抑えられなくなるほど震える椎葉の頭の上に、茅島の掌が落ちた。

「ッ、茅島さん！」

椎葉が顔を上げると、椎葉が握り締めた茅島の手のもう一方が、力なく床に落ちる。

その衝撃に茅島が小さく呻いた。

「あれ？」

傍らで椎葉と茅島を見下ろしていたモトイが、組んでいた腕を解いて首を捻った。

「まだ生きてたんだ」

さすがガンジョー、とモトイは感心したように呟いた。

茅島の表情に変化はなかった。もしかしたら意識はほとんどないのかもしれない。

椎葉が仰いだモトイの表情も大した変化はなく、飄々《ひょうひょう》としている。

椎葉は、茅島の掌を放すと茅島の肩を抱きしめた。

まだ茅島の体は熱い。鼓動も感じるようだ。それならば、これ以上彼に、手出しをさせるわけにはいかない。

「……こんなことは、もう止めなさい」

引き絞った声が震えている。椎葉は、茅島の上に伏せた顔を上げるとモトイを仰いだ。

今までこんなに人を憎く感じたことはない。断罪することを職業にしていても、それはパズルのような淡々とした作業に過ぎず、何の感情もなかった。

今は目の前のこの青年が憎くて、恨めしくて堪らない。

自分に腕力があれば、彼の腹を引き破って、臓物のひとつひとつに至るまで踏み荒らしてやりたいほど、椎葉は殺意を覚えた。

「俺は柳沼さんの道具だ。柳沼さんの命令しか聞かない」

モトイの返事は冷淡で、落ち着いていた。椎葉を見下ろす視線にも殺意や嫌悪がなく、空虚なものしかない。

黒光りする鉄パイプが、宙を掻いて天井に振り翳される。気だるげな仕種だった。

「柳沼さんは茅島さんが邪魔だから殺していいって言ったんだ。殺さなきゃ終われないんだ。……だからその邪魔をするなら、アンタも殺すよ」

モトイが一歩、椎葉に歩み寄る。

頭上高く掲げた鉄パイプが、天井から下げられた水銀灯に反射して鈍く光った。

椎葉は、思わず顔を伏せた。茅島の温かい胸の上に。

目蓋を強く瞑った。

「――この世には正義も悪もないんだってさ、知ってる？」

その時、椎葉の上に振り下ろされるはずだった鉄パイプの衝撃の代わりに、高らかな声が鳴り響いた。

「何、お前」

モトイの訝しげな声に、椎葉はそろりと視線を上げた。

茅島が開け放ったきりの扉に人影があった。その背後からは車のヘッドライトが差し込んでいる。

「正直、お前の言い分は何となく同意できないところもないんだよね。……あれ？　安全装置ってこれで外れたのかな。ねー辻《つじ》、これでいいのー？」

人影は気構える様子もなく暢気に、まるで散歩にでも来たような足取りで歩み寄ってくる。

強い光を背に受けて顔を窺い見ることはできない。しかしその手には確かに、拳銃が握られている。

「まあいいや。……でさ、正義と悪の話だけど。誰かが正義だと思うことの反対は、誰かにとっての正義なんだって。悪じゃなくて」

腕を突き出し、銃を構えた人影はゆっくりと茅島と椎葉、モトイの傍まで近付くとやがてその顔を明らかにした。

堂上会長の邸で見かけたことのある顔だ。

いつか、茅島と談笑していた男だ。小柄な体に明るい髪の色。強面の幹部の中にいると浮いて見えたその容姿と、茅島と立ち話をしていた様子が気になってその後すぐに名鑑で調べた。

とてもそうとは見えない若さだが、菱蔵組組長、十文字《じゅうもんじ》清臣《きよおみ》という人物だ。

「まー、アニメの受け売りだけどね。つまりだ、お前は柳沼の命令に逆らえないからその弁護士先生が邪魔。これはわかる。……でもさ、俺にとってはお前が邪魔。何言ってるかわかる？」

　銃を構えた姿が様になっているのかどうかはわからない。ただ、モトイの鉄パイプに臆《おく》する様子もなく首を傾げていた。

「関係ないよ」

　高く掲げた鉄パイプを握り直す、指の軋みが聞こえたようだった。

　椎葉は息を詰めて、再び視線を伏せた。茅島の体温がこれ以上逃げないように、必死で肩を強く抱きしめる。

　その瞬間、弾けるような轟音《ごうおん》が響いた。

　辺りに硝煙《しょうえん》の匂いが流れてくるまで、それが何の音なのか、椎葉にはわからなかった。

「あ、安全装置外れてた」

　暢気な声も、大きな銃声の後ではどこか遠くに聞こえた。

「うるさいな……お前も邪魔するなら、殺すよ」

　椎葉の視界の端に、鉄パイプがゆっくりと降ろされるのが見えた。床の上を掻くように引きずって、モトイが茅島の傍を離れていく。

　椎葉がその行き先を盗み見るように窺うと、身構えようともしない十文字の横から、まるで動物のようなスピードで大きな影が飛び込んできた。モトイが、あっと声を上げる間もないまま押さえこまれる。

　手練れの警官か、軍人のような動きだと思った。無駄がなく、まるで砲弾のようにモトイを捕らえて床に押さえ込む。息を吐く間もなかった。

十文字は、そんな格闘を横目にも見ずにこちらに寄ってきた。まるで傍らで犬がじゃれているだけだとでも言いたげだ。

「おーい茅島、……生きてんの、それ？」

十文字の緊張感を感じさせない様子に気を取られて、気付くと椎葉の震えは止まっていた。

しかし、両腕は茅島の肩にしがみついたまま強張って、剝がれそうにない。

「今うちの人間が医者を叩き起こしてこっちに向かってますから。大丈夫」

十文字はおおよそ暴力団の世界にいる人間とも思えない、柔和な表情を浮かべると緊張している椎葉の肩を気安く、ぽんと叩いた。

不思議と、急に茅島に縋り付いていた体の力が抜けるような気がした。

十文字の手に支えられながら身を起こすと、寒気を覚えて始めて、自分が乱れた着衣のままでいることが恥ずかしく思えた。

「ああ、気にしないで」

慌ててスーツを直そうとする椎葉の仕種にも十文字はからりと笑って見せると、茅島の傍らに腰を下ろし、血に濡れたシャツを手早く開いた。

露になった茅島の肩の傷は抉れたように崩れていて、椎葉は思わず目を逸らした。

「先生、何か布持ってませんか」

十文字は顔色ひとつ変えず、茅島の包帯を取り除くと椎葉に尋ねた。

止血するつもりだ。咄嗟に椎葉は肯くと、所々が引き破れた自身のシャツを脱いで丸め、十文字の手に託した。十文字は愛想よく礼を言うと、それを茅島の傷の上に押し付け、ぐっと体重をかけた。

茅島が低く呻く。

椎葉は、下唇を齧んだ。

「おう、目ェ覚ましたか色男」

見る間に茅島の血に染まっていく椎葉のシャツを押さえながら、十文字が茅島の顔を見下ろした。

茅島の苦悶《くもん》の表情を、椎葉も縋るように見詰める。それでも、一時のような白さはないように見える。

「……なんだ、……十文字か」

声を引き絞った茅島が、右手をピクリと震わせた。

床の上を短く這い、椎葉の体に当たると、その場で止まった。椎葉は慌ててその手を握り返した。

「さっき灰谷《はいたに》から電話きてさ、柳沼確保したって」

十文字が言い終えるか終えない内に、背後でモトイの吼える声が聞こえた。

十文字と一緒に来た長身の男に押さえつけられながら、細長い足を振り上げ、男の頭を蹴り上げる。力任せに暴れているようで、しかししっかりと相手の急所を狙っている。

男は目をやられないように一度上体を大きく引くと、太い腕で摑んだモトイの上体を床に叩きつけた。

骨の折れるような、鈍い音が響いた。

「灰谷を行かせたのか」

呟くような茅島の声に、椎葉が上体を起こさせようとすると、それを十文字が制した。

頭から血が滲んでいる。激しく殴打されたのだ。動かさない方がいい。椎葉は慌てて腕を引いた。

「ああ、でも生きてるってよ。あいつも最近俺のいうこと聞かなくなってきてね。……先生、ちょっとこっち引っ張って下さい」

椎葉のシャツを押し付けたまま、十文字は茅島の包帯を縛りなおした。椎葉が手を貸すまでもないような手際の良さだが、言われるまま椎葉は包帯の一端を引いて茅島の肩をきつく圧迫した。痛みに眉を潜めた後で、茅島がふと、息を吐くように笑う。

「ただでさえも数少ない手駒の扱いもままならないようなら、代紋返しちまえよ」

茅島の弱々しい声に、十文字は椎葉が戻した包帯の端を結びながら大きな声で笑った。

「部下に殺されかけてるお前が言うなよ」

背後はすっかり物音ひとつしなくなっている。決着がついたのだろう。椎葉は振り返ろうとも思わなかった。

「……それもそうだ」

目蓋を閉じたまま、茅島の笑みが苦いものに変わった。椎葉の指を握る茅島の手がきつくなった。微かに脈打っているのを感じる。

「その辺で死んでる兵隊に見覚えは？」

茅島の血に染まった掌をぶらぶらと振って、十文字が腰を上げた。

あたりには、茅島が倒した男たちがまだ呻き声を上げている。十文字は細い体を屈めて、その顔をひとつずつ覗き込んでいるようだ。

「……いや」

「あー、じゃあやっぱり能城んとこの半グレかあ」

十文字が大きく息を吐き出した。その時、助けを求めるように男の一人が十文字の足に手を伸ばす。それを、十文字は何でもない顔で踏みつけた。まるで、蟻《あり》でも潰すように。

その姿からは、やはり組の長を名乗るだけの非情さと貫禄が覗いたように見えた。

「ま、でもお前んとこの柳沼は半グレじゃないでしょ」

体の大きな男に引きずられていくモトイの様子を眺めながら、十文字が唸るように言った。茅島が、苦笑を浮かべる。

「……あれはもともと能城の犬だったようだ」

茅島の自嘲的な呟きは乾いていた。

自分に何かあれば組を任せたいとまで言っていた右腕に裏切られた茅島の胸の内を思うと、椎葉の胸が詰まる。

しかしそんな椎葉さえ笑い飛ばすように十文字が腰に手をあてて振り返った。

「ざまぁねえな、茅島」

「まったくだ」

茅島が溜息を吐くように笑う。

倉庫の入り口から、十文字を呼ぶ声があった。モトイを運び終えた、十文字の舎弟の声だ。

「――先生、すみません」

十文字の足音が遠ざかると、茅島は微かな声で呟いた。ともすれば聞き逃してしまいそうなほどの小さな声だった。椎葉はその口元に顔を寄せた。

「私はあなたを守れなかった」

目を瞑った茅島の眉間に、険しい痙攣が起こった。

椎葉は茅島の手をきつく握りなおして、首を小さく振る。

「どうか、そんなことを仰らないで下さい」

それどころか、茅島を危険に晒すことしか出来なかった自分を恥じているくらいだというのに。

椎葉が視線を伏せると、茅島が長く息を吐き出した。溜息なのか、あるいは別のものなのかはわからない。

「茅島さんを失わずに済んだ、それだけで充分です」

茅島の上に覆い被さったあの時、自分が殺されるかもしれない恐怖など感じなかった。

茅島に会わないまま、あの下種な男たちにどうにかされるかもしれないと思った時よりも、茅島を失うことの方が恐ろしく感じた。

今でもそうと考えるだけで、また震えを覚えるほどだ。

椎葉の指先を、茅島がまた強く握り締めた。馬鹿な考えを、恐怖をよみがえらせようとする椎葉を安心させるように。

「茅島さんがいてくれさえすれば」

生きていてくれさえすれば。

椎葉は、目蓋を落としたままの茅島に傷ついた唇をそっと押し付けた。茅島の体温を感じる。胸に愛《いと》しさがこみあげてきて、黙っていることができなくなった。

聞き流されても構わない。面倒に思われたなら、これきりになってしまっても。

椎葉が浚われたと知った茅島が傷ついた体を駆って助けに来てくれたというだけでも十分だ。

「茅島さん、私はあなたを——」

「譲さん」

茅島に押し付けた唇で続けようとした言葉を不意に遮られて、椎葉は目を瞬かせた。

そんな甘い声音で拒まれたら、どんな顔をしていいかさえわからなくなってしまう。

やはり茅島は、狡い男だ。

続く言葉を飲み込むしかなくなった椎葉が間近の視線を逸らすと、茅島が血に濡れた腕を震わせた。

「茅島さん？」

何かを指したいのかと慌ててその手を握りなおすと、その指先がそっと椎葉の唇に触れた。言葉を閉じ込めるように。

「その先は、どうか私に言わせてください」

ふと笑った茅島が痛みに顔を曇らせながらも、唇から頬へ椎葉の肌へ指を滑らせる。応じるように椎葉が顔を寄せると、茅島が首を擡げて唇を寄せてきた。

「——私があなたを愛している、と」

寄せられた唇に椎葉が目を伏せると、茅島は甘い囁きを注ぎ込むようにキスをした。

「……すみません、茅島さん。布巾《ふきん》はどちらですか」

キッチンから顔を覗かせると、茅島はベッドで退屈そうに外を眺めていた。

椎葉の声に気付くと慌てて上体を起こそうとするのを手で制して、首を振る。

「そのままで結構です。失礼でなければ、自分で取りに行きますから」

しばらく茅島はベッドに左腕をついたまま躊躇するように留まっていたが、やがて観念したように身を沈めると、部屋のクローゼットを視線で指した。

「布巾なんて大層なものはありませんが、タオルならクローゼットの中に」

失礼します、と一言告げてから部屋の中に歩み入り、クローゼットを開く。

白木で作られた扉の中には、仕立てのいいスーツが乱雑に詰め込まれていた。

クリーニングから戻ってきてそのまま掛けられているものもあるが、中には脱ぎ散らかされたように丸まっているものもある。

椎葉はその様子に一瞬怯むと、タオルを探し出すよりも先に粗雑に扱われたワイシャツに手をかけた。

昨晩、十文字の呼んだ医者に診察された後、自宅に戻された茅島の元から椎葉は離れることができなかった。

茅島が少しでも躊躇うような素振りを見せたら帰ろうとは思っていたけれど、きつく握りしめた手を茅島も離そうとはしなかったからだ。

今までどこに住んでいるのか場所を聞いたことすらなかった茅島の自宅の下に着いた椎葉は、初めて部屋に招き入れられた。今思えば、怖くて尋ねることができなかっただけかもしれない。もしかしたら茅島の家には、既に茅島が心に決めた大切な人がいるのかもしれないと思うと。

傷つくことが怖かった。

だから茅島にとって自分は割り切った関係の相手なんだと、覚悟を決めたつもりで逆に顔を背けていた。

こうして家に招いてくれていなかったら、今でも愛しているなどという言葉は自分の聞き間違いだと思ったかもしれない。

茅島が助けに来てくれた、それが何よりの証なのに。

自分はなんて臆病者なんだろうと、自分の醜さすら告白しても茅島は黙って髪を撫でてくれた。

初めて眠った、茅島のベッドの中でのことだ。

「臆病なのは私も同じです」

「……茅島さんが？」

しっかりと止血をし直して真新しい包帯に変えた茅島は、左腕に椎葉を抱いたまま苦笑を浮かべていた。

「ずっと日の光の下を歩いてきたあなたを、私のような日陰者のものにはしたくなかった」

濡れるような声でそう言った茅島は、時折見せる、眩しげな表情で椎葉を見つめていた。

同じ布団の中で、夜の帳の中にいるのに。

「日陰者だなんて……！」

極道ものだからと言って、茅島をそんな風に感じたことはない。

椎葉が気色ばって声を上げると、その様子に声を上げて笑った茅島にきつく背中を抱き寄せられた。息が詰まるようだ。茅島の腕が強いせいじゃない。胸がいっぱいになって。

「でももう、そんなことを気にかけていることすらできないほどあなたが欲しくて堪らない」

茅島の胸に顔を伏せた椎葉の耳もとで、茅島の低い声が囁く。

眩暈を覚えるような熱い声だった。

「どうか、許してください。私があなたを愛してしまうことを」

懺悔のような切ない告白に、椎葉は唇を震わせた。

顔を上げて馬鹿な許しを乞う茅島を睨み付けてやりたいのに、顔の筋肉が自分の意志ではどうにもできない。泣きたいような、笑いたいような、変な気分だ。

人を愛するということは、その人の腕に包まれるということは、こんなにもくすぐったい気持ちになるものなのか。

「そんなこと、――茅島さんだって、私の気持ちをご存知のくせに」

結局顔を上げられないまま椎葉がくぐもった声で不貞腐れてみせると、茅島が微かに笑ったのが体の震動でわかった。


「先生、大丈夫ですか」

無心でクローゼットの整理を始めてしまった椎葉の背後から、茅島の声が追ってきた。

茅島の部屋で一晩過ごした椎葉は朝日に照らされた部屋の様子を見るなり、掃除をしても良いかと尋ねた。

こんなことを尋ねるのは失礼になるかもしれないとも思ったが、いつも寝に帰るだけだという茅島の部屋の状況は療養にはあまりにも適していない。

組長と若頭をいっぺんに失った茅英組の構成員たちは、それでもとにかく自宅療養をと茅島を一ヶ月間の出入り禁止としたらしい。

十文字の口からそれを聞かされた茅島は取り合わず、朝一番にどこかしら電話をかけていたようだが、黙って通話を切っただけだった。曰《いわ》く、堂上会長も同じ意見と言われてしまっては仕方がないのだそうだ。

傷が癒えるまで茅島がこの部屋で療養するならば、清潔が第一だ。

文字通りまるで物置のような部屋を片付けて動きやすいようにしなければ、家の中で転倒でもされたら困ってしまう。

気が付くと椎葉はもう半日も部屋の掃除に執心していた。

「先生」

クローゼットの整理をすると、今度は洗濯がしたくなる。洗濯をしたら、おそらく今度はアイロンをかける必要が出てくるだろう。

アイロンはありますかと尋ねようとした矢先、背後から呼ばれて椎葉はベッドの茅島を振り返った。

「はい。……あ、何か飲まれますか？　それとも、何か……」

食べ物でも召し上がりますかと続けようとすると、茅島が伸ばした腕の先で椎葉を招いた。

その表情が呆れているような色を帯びていて、思わず掃除に夢中になってしまっていた自分が急に恥ずかしくなってくる。

「すみません、気がつかなくて」

椎葉は鼻の上の眼鏡を支えなおしてからベッドに駆けつけ、茅島の肩の上の布団を直した。その手首を、不意に摑まれる。

目を瞬かせて茅島を窺うと、緩やかな力で引き寄せられた。

「何も要りません。……どうかもう少し、私のことも気にかけて下さい」

いかにもわざとらしく拗ねたような仕種を見せる茅島が可笑しくて、椎葉は息を吐くように笑うとベッドのに腰を下ろした。

「それも気がつかなくて、すみません」

こちらもわざとらしく子供をあやすような口調で戯れると、茅島は椎葉の手を自身の口元に引き上げて指先に唇を押し付けた。

指先から、熱がのぼってくる。

茅島の命がここにあるという証のようだ。

暴力団の人間だから日陰者だなんて思ったことはないし、茅島を愛することに怯えていたのは椎葉自身の問題だ。だけど、茅島を愛する以上またいつこんな風に茅島が命の危険に曝されるかはわからない。

だからといって、もう茅島の傍らを離れることはできないけれど。

「――約束します」

椎葉の指先に唇を付けたまま茅島は小さく囁いた。

神に誓いを立てるかのような、真摯《しんし》な声で。

「もう二度と、あなたを危険な目に遭わせたりはしない。……どんなことがあっても、あなたを一人にはしない」

目蓋を閉じたまま茅島が言葉を重ねると、椎葉は自分の手を恭しく取った指先を握り返した。

茅島の手が震えている。

椎葉はその大きな体を抱きしめたくなって、愛しさに胸を震わせた。

「だからどうか、ずっとこの手を握らせて下さい」

まるで、懇願だ。

そんな風にしなくても、椎葉は既に茅島のものなのに。

「――茅島さんはいらっしゃらないものかと思っていました」

掠れた声で椎葉が呟くと、茅島が視線を上げた。

「怪我をされているし、私も来て欲しくない。自分を大事にして欲しいと思いました、――多分、思っていたつもりです」

戸惑うように表情を曇らせた茅島に、椎葉は首を竦めて笑って見せた。

自分は本当に素直になれない人間だと思う。

あんな目に遭うまで茅島を好きだということも認められなかったし、茅島は助けに来ないで欲しいと本当に願っていた。本当は茅島にしか助けてほしくなかったくせに。だけど茅島だからこそ、自身を大事にしてほしかった。

茅島が自分のために駆けつけてくれたことが嬉しいのと同じくらい、茅島が傷つくことが怖かった。

「茅島さんが助けに来て下さった時、申し訳ないとも思いました。今でも思います。……私の浅はかな行動であなたをこんな目に遭わせた、と」

「それは、」

口を挟もうとした茅島の唇を、椎葉の指先で押し止めた。あの時、茅島がしたように。

首を下げ、額を寄せるほど顔を寄せると、茅島は口を噤んだ。

「でも私はやっぱり純粋に、あなたに会えて嬉しい。守れなかったなんて仰らないで下さいと、お願いしたはずです。私は、茅島さんがいてくれるだけで、幸せだと思うようになりました」

上体を起こしていた茅島が、椎葉にまるで気圧されるかのようにゆっくりとベッドに身を沈める。

「どうか、この手を離さないで下さい」

茅島の手を強く握って、椎葉も祈るような気持ちを込めた。

神になんて祈らない。椎葉の望みを叶えてくれるのは、茅島ただ一人だ。

「――先生、」

身を横たえた茅島の上にいつしか覆い被さるように身を乗り出していた椎葉の背中に、茅島が腕を滑らせる。

右手を動かしてはいけないと厳命されているのにと椎葉が身を捩ろうとすると、下から顔を寄せてきた茅島が眼鏡の弦を食んだ。

「っ――……、茅島さん」

そのまま器用に眼鏡をかなぐり捨てられると、椎葉は思わず呆れたように笑ってしまった。まるで、獰猛な獣のようだ。

初めて会った時に狛犬のようだと感じたことを急に思い出して、椎葉はなんだか不思議な気持ちになった。

この人をこんなに愛しいと感じるようになるなんて、あの時は思いもしなかったのに。

自分の腰から下ろさせた茅島の右手を、あやすように撫でる。

口付けるでもなく近くに寄せたままの吐息がいつしか熱を帯びて、溶け合っていく。

「あなたとひとつになりたい」

掌を撫でた椎葉の指を絡めとった茅島が囁くと、椎葉は一瞬、息を詰まらせた。

まるで自分の劣情を悟られたかのようだ。

茅島はいつもそうだ。椎葉が自覚するよりも先にそれを読み取ってしまう。

あるいは茅島も椎葉と同じような気持ちでいるだけなのだとしたら、それはもう、運命としか呼びようがない。

「――……っそんなことを、言って……あまり私を、困らせないでください」

答えた自分の声がみっともなく震えている。顔が熱くなって、なんだか泣き出してしまいそうだ。

どうしていいかわからなくなって顔を逸らそうとすると、茅島が椎葉の鼻先を啄んでそれを拒んだ。

もとより、絡めた指をそのままにしていたら逃げる気なんてないことはもうばれてしまっている。

「あなたと溶け合って、ひとつのものになればもうあなたを失うことに怯えなくて済む」

強張らせた唇を茅島が柔らかく吸い上げると、椎葉は自然に自分からもそれをすり寄せていた。

茅島の舌が唇を割り入ってきて歯列を擽る。椎葉は躊躇いながら、唾液に濡れた舌を絡ませた。

「そんなこと、……私だって、同じ気持ちです」

ベッドの上に半分乗り上げた身を滑らせながら、椎葉は茅島の肩に触れないように枕《まくら》に手をついた。昨晩も同じベッドに包まれながら、お互いが生きてここにいることを確かめるように何度も唇を啄んだ。

だけど不思議と情欲は起きず、茅島と長い夜を過ごすことに強い幸福感を覚えていた。

今は違う。茅島の吐息に頬を擽られるだけでもまるで愛撫されているように感じて、耐えられなくなる。

「茅島さん、……っだめです……」

しかし椎葉の腰に茅島が腕を回すと、いやいやをするように首を振ってそれを拒んだ。ほとんど体はベッドの上に乗り上げ、茅島を跨ぐような恰好《かっこう》をしているのに。

「私が、……しますから」

眉を顰めて仰いだ茅島に、椎葉は顔を押し隠すように深く俯いて小さく呟いた。

羞恥のあまり、胸が張り裂けそうなほど強く打っている。こんなことを言ったらはしたない男だと思われて嫌われるかもしれない。でも、茅島の体のためだ。

窓の外はまだ日が高い。

こんな明るいうちから自分は何を言ってるんだと思うと本当に消え入りたくなる。劣情のせいだけじゃなく、全身が火照るように熱い。

「するって、先生――……」

驚いて目を瞬かせた茅島を、唇を齧みしめて睨み付ける。するとすぐに察してくれたように茅島は咳払いをして、言い直した。

「譲さん」

下肢に顔を埋めようとする椎葉に手を伸ばして、茅島が汗ばんだ額から前髪を撫でつけてくれる。

意を決して言い出したところを呼び止められて、椎葉は困惑していた。

確かに自分には経験がない。キスだって、何度も茅島と重ねるうちに少しずつわかるようになってきた程度だ。それでも茅島を十分に満足させられているかどうか自信がない。

こんな拙《つたな》い自分でも茅島が求めてくれるのだから、どうにかそれに応えられるようになりたいと思うのに。

「私はただ、あなたに鎮めてもらいたいと言っているのではありません」

自分がどんな表情で茅島を仰いでいたか知らない。茅島は困ったように笑って、椎葉の額から頬へ指先を滑らせた。それだけで、椎葉は背筋がぞくぞくと震え上がるようだ。

あんな恐ろしい目に遭っても、茅島の行為とはまるで違う。

こんな気持ちになるのは、茅島に対してだけだ。

茅島が椎葉の顎先を擽るようにして引き寄せると、椎葉はおそるおそる茅島の体を這い上がった。

重ねた体は、どちらも昂《たかぶ》っている。

「私だけが満足したいんじゃない。あなたを満足させることが、私の満足なんです」

頬を擽るように寄せられた唇が、薄い肉を食むように吸い付いてくる。椎葉の体はひとりでにぴくん、と茅島の上で震えた。

顎の下から首筋を通って背中へと茅島の掌が滑っていく。そのまま腰を抱かれると、椎葉は息を殺して身動《みじろ》いだ。体が熱い。

今すぐにでも茅島の手ではしたない熱に触れてもらいたくなってしまう。茅島の体を気遣う気持ちも本当なのに。

「私だって、――そうです……、茅島さんを」

どんなに拙くても、満足させたい。

飽きられたくないというより、茅島の気持ちに応えたいという気持ちのほうが強い。

それなのに自分の熱がどんどん高まって、息も弾んできてしまう。これではいつもと同じように、自分が翻弄されてしまいそうだ。

茅島の掌が双丘に及ぶと、椎葉の体は痙攣するように大きく震えた。縋るように茅島の首筋に顔を押し付けて、布団の端を握りしめる。

「ぁ、っ――……はぁ、っ……、茅島、さ……っ」

いやいやと首を振って逃れようとしても茅島の手は容赦なく椎葉の双丘の形を揉みしだいて、谷間の奥にある蕾にまで指が食い込んでくる。

乱暴な手つきも茅島の情欲の強さのような気がして、体の芯がどうしようもなく濡れてくる。

「譲さん、上に乗ってください」

不意に茅島が双丘から手を引いたかと思うと、自身の熱でのぼせたようになった椎葉の顔を覗き込んだ。

服の上からまさぐられただけなのに、椎葉の背後は既にいやらしくヒクついている。それを茅島も知っているのだろう。隠していても仕方のないことだ。椎葉がそうなるような体にしたのは茅島自身なのだから。

「茅島さん、——すみませ、……こんなに、」

茅島の体を跨いだまま、椎葉はもたつく手で下肢を寛げた。茅島も片手で器用に自分の寝間着を引き下げていく。

自分で思っていた以上に椎葉の中央は硬くそそり立って、下着を湿らせていた。茅島に刺激された蕾も焦れるように疼いて、じっとしていることができない。

跨いだ腰の下で露になった茅島も同様に反り返っている。その剛直を盗み見ると、椎葉は緊張で喉を鳴らした。

「譲さん」

気後れした椎葉を促すように、茅島の左手がそっと腰を撫でた。

「……っ、」

それだけで全身が粟立って、ベッドの上についた膝が震えてしまう。明るいせいか、眼鏡を外していても茅島の顔がいつもよりよく見えるようで椎葉は俯いて口元を掌で覆った。

その仕種を茅島が小さく笑う。

「あなたは本当に、美しい人だ」

「っ、そんなこと——……！」

茅島の言葉に驚いて思わず顔を上げると、茅島の怒張がすり寄ってきた。

「っふ、……ぅ、ンぁ、あ……っ」

熱い。互いの熱をいたずらに寄せるだけで全身が溶けてしまいそうな感覚に襲われて、椎葉は慌てて茅島の胸に手をついた。

茅島が椎葉の腰を浮かせるように双丘を抱くと、猛りが窄まりを撫でて背後に回る。

ひとりでに収縮したそこを茅島の熱が舐めると椎葉は短く声を上げて、腰を反らした。

「あなたのその高潔な心も、清らかな体もすべてが欲しい。私だけのものにしてしまいたい」

反り返った茅島の男根を自らの蕾に擦りつけながら、椎葉は堪らずに腰を揺らめかせて唇を齧んだ。

時折下からいたずらに強く突き上げられると、椎葉は腕を突っ張っていられなくなって茅島の胸に体を崩れさせてしまう。

「っ、ぁ――……っ茅島、さっ……ん、……んン、っ」

自分はもう茅島のものだと、あなたのものにして欲しいのだと答えたいのにひくひくと息衝く窄まりに亀頭の先で何度もキスをされると、まともに言葉が紡げない。

「かや、しまさん……っも、……動かないで下さい、上手に、できませ……、っ」

啜り泣くような声を上げることしかできない椎葉の肩を、茅島が強く抱きしめる。

体の一部を埋めて繋がることなどなくても、こうしていさえすれば心が通じ合えると、そう信じているかのように。

「――あなたを、愛しています」

体の隙間がなくなるまでぴたりを肌を合わせたがる茅島が苦しげに囁くと、椎葉は濡れた視線を上げて茅島の顔を仰いだ。

もしこうすることでお互いの気持ちが通じ合えるなら、もうとっくに茅島だって椎葉の気持ちをわかっているはずだ。もしかしたら椎葉が自覚するよりずっと前から知っていたのかもしれない。

それでも、伝えたい。

口に出さなければ、椎葉がどうにかなってしまいそうだ。

「茅島さん、私も――」

今度はどうか、止めないでほしい。

椎葉の顔を見下ろしたまっすぐな瞳を見つめて、唇を寄せる。そうしてしまうと下肢は離れてしまうけれど、どこもかしこも茅島に触れていたいのだから仕方がない。

「私も、あなたを愛しています」

茅島が、椎葉の世界のすべてになってしまいそうなほどに。

熱で焦げ付きそうな声を喘がせた椎葉が縋るような声で告げると、茅島は顔をくしゃくしゃに歪めるように破顔して額を合わせてきた。

椎葉にとって茅島は、最初で最後の恋そのものだ。

いつもながら騒がしい店だ。

ただでさえも狭いのに、壁際にはダーツを置いて堅気の客も愉しませようなどと欲張るからいけない。

店内は耳がおかしくなるような音量で音楽が流れていて、大きな声を張り上げないと会話もままならない。

それでも、足を踏み入れると懐かしい匂いを感じるのは店主のせいだ。

煩い餓鬼を集めているくせにカウンターに掛けると不思議と落ち着くし、喧《やかま》しい音楽も他人に聞かれたくない会話にはもってこいと言える。

茅島は昔から、この店の主である根本《ねもと》という男のこういう不気味な器用さが堪らなく鬱陶しくて、嫌いになれなかった。

「大袈裟だねぇ」

根本は久しぶりに顔を見せた茅島の姿を見るなり、そう言って笑った。肩の包帯を指しているのだろう。

どうしたの、などと野暮なことは言わない。驚いた素振りも見せなかった。組で何があったのか、すべてを知っているような顔つきだ。

根本は茅島の組の人間に、何があったのか詳しくは聞かなかったという。

何も聞かずに、地下の個室をこの一週間貸し与えてくれた。

柳沼を、拘束するために。

「お世話になります」

茅島の後をついてきた椎葉が硬い表情で頭を下げると、さすがの根本もようやく目を瞠った。後ろ暗いところがある人間は、それを持たない人間の空気がわかるものだ。

「こんばんは、……どちら様？」

根本は茅島と椎葉の姿を交互に見遣ると、落ち着きなく目を瞬かせて尋ねた。

「堂上会長の顧問弁護士をしております、椎葉と申します」

こんな煩いバーに吞みに来たことなどないと見えて、椎葉は大きく声を張ると――それでもカウンターにいる人間以外は椎葉が声を発していることにも気付いていないだろう――胸から名刺を取り出し、根本に差し出した。

根本は面食らったようにその名刺を受け取ってから、ようやく、事態を無理やり腑に押し込んだように曖昧に肯いた。

「……へぇ、」

ようやくのことで絞り出したような声が、茅島に向く。

「お前も丸くなったってことなのかね」

そう言って、根本は椎葉に名刺を掲げて見せるとカウンターの下にしまった。その手で、地下室の鍵《かぎ》を取り出して茅島に手渡す。

手袋を着けたままの右手に、相変わらず小指の感触はなかった。

「お疲れ様です」

見張りに当たらせた組員が茅島の姿を見て背筋を伸ばした。

「変わりないか」

扉の鍵を回しながら茅島が尋ねると、背後の椎葉を訝しんでいた組員が慌てて顎を引いた。

「はい。食事は摂っていないようですが、相変わらず受け答えはしっかりして――……、ただ」

茅島は錠を解いた戸に手を掛けず、組員の曇った表情を見遣った。

つい先日まで、茅島の右腕として指揮を振っていた柳沼を監視する役目を与えられて、この組員も戸惑っていることだろう。そう気遣うつもりだった茅島が組員の言い淀んだ言葉の先を促すと、組員は言い難《にく》そうに視線を伏せた。

「二時過ぎくらいですか、薬が切れたようで、ひどく暴れ始めて……」

薬。

茅島の背後で、椎葉が息を詰めたのを感じた。

あの小屋の中で、椎葉を取り押さえた悪漢の間で能城の名前が出たことも、やはり覚醒剤《かくせいざい》を打たれそうになっていたことも茅島は聞いていた。

柳沼が同じ状況にあったとしても、不思議はない。

「腕っぷしは自分の方があるので、構わないんですが……」

そこまで言うと、それ以上組員は語りたがらなかった。

見ていられなかったのだろう。

柳沼は実際、よく働いてくれた。茅島と同じようにとは言えないまでも、柳沼なりのやり方で組員を掌握し、うまくやっていたように見えた。

そうでなければ茅島も柳沼に組のほとんどを任せようとは思わなかったし、柳沼が目的のためにそうしてきたというなら、さすがだとしか言いようがない。

信頼していた。

組員も、茅島自身もだ。

「わかった」

茅島は短く答えると、分厚い扉のノブを握った。

小さく息を吐く。

「先生はお帰り下さい」

柳沼のところへ行くと言った茅島に、椎葉はどうしてもついて行くと言って聞かなかった。

茅島の傷を心配してのことか、あるいはこんな目に遭うことになった直接の原因である柳沼に一目会っておきたかったのか、茅島には計りかねた。

ただ法廷で見せるような強い眼差しは茅島を何と言いくるめてでもついていく意思を表していて、茅島は渋々この店まで連れてくる羽目になってしまった。

しかしそれも、ここまでだ。

「ここから先はあなたとは別の世界だ。……上で一杯やって待っていてください」

すぐに済みます、と茅島が椎葉を振り返ると、意外なほど冷たい表情がそこにあった。

恨みも不安げな表情もない。虚勢でもない、強い表情だった。

「私と茅島さんが別の世界に住んでいるとでも？」

眼鏡の奥の眸は落ち着いていて、茅島を威圧するようですらある。

椎葉が弁で相手を押さえつけることを職業にしているのだと、改めて思い知るような言い種だ。

茅島は苦笑した。

「……参ったな、あなたがいるとやり辛いんです」

「それを承知してここにいるんです」

椎葉はぴしゃりと手を打つように、眼鏡の表面を光らせて言い放った。

気圧されている茅島の姿を、組員が面白そうに眺めている。

「あなたが罪を犯すとわかっていて、行ってらっしゃいと見送ることはできません」

ドアノブから手を離して頭を掻いた茅島は、椎葉の言葉にその手を止めた。

椎葉がここまでついてきたのは、茅島の体を心配してのことでも、恨みを晴らすためでもない。ただ、起こるであろう罪を——あるいは茅島が罪人になることを——制するためだというのか。

一度詰めた息を、茅島は短く吐き出した。

緩く首を振る。

「殺しませんよ」

椎葉の視線が、茅島の表情を覗き込むように仰いだ。まるで愛しい者を見るような目つきではない。色気の欠片もない。

ただ頭を垂れたくなるほど高潔な、法の番人の眼差しだ。

だからこそ、彼には敵わない。

「殺しません。私があなたに嘘を吐くことはない。私はあなたを、死んでも裏切らない。——約束は必ず、守ります」

茅島は椎葉に頭を下げると、宣誓を述べるように胸に掌を宛てた。

こんな些細な約束も守れないようなら、椎葉を二度と傷つけさせることはしないと言ったあの約束だって守れない。

椎葉を守ることは、茅島の命だと言ってもいい。

それらすべてを語らなくても、椎葉ならわかってくれるだろうと思った。

それは愛や恋などという甘い感情によるものじゃない。茅島が椎葉の、僕《しもべ》だからだと言ってもいい。


椎葉の代わりに組員を二人つれて地下室に入ると、柳沼は椅子に深く腰を掛け、項垂れていた。

両手は後ろに回され、縛られている。暴れた際にそうしたものだろう。できるだけ柳沼に不自由をさせないようにと、茅島は言い伝えてある。

組員が上司に刃向かうことは重罪だ。

しかし——おそらく柳沼自身が読んだ通り、茅島は柳沼に罰を与えることを躊躇った。

柳沼にしてみれば、菱蔵組の死神といわれる灰谷に殺されずに生きているだけでも儲けものだと思うかもしれない。茅島もそう思う。

灰谷がもし柳沼を殺していたら、茅島は十文字に恨みを覚えたかもしれない。

「今は落ち着いてるのか」

誰にともなく尋ねた茅島の問いに、傍らの組員がひとつ、肯いた。

柳沼は首を折ったまま、ピクリともしない。茅島が訪ねてきたことも理解していないかも知れない。

「柳沼」

柳沼の長い髪が胸の前に垂れ、乱れている。

生彩を欠いたその髪や、見た事もないほど乱雑に着けられた服装を見ても、目の前の柳沼が茅島の知っているそれとは違うことを物語っていた。

「お前を破門する。もう二度と、俺の前に顔を見せるな」

まるで知らない人形に話しかけているような気分だった。

いつも茅島が口を開くまでもなく雑用を片付けておいてくれた柳沼の姿も、茅島の下らない雑談に黙って付き合ってくれた柳沼の表情も、ここにはない。

茅島の言葉を聞いているのかいないのか、柳沼は微動だにしなかった。

「モトイは俺が引き続き預かる」

しかし、茅島がそう言った瞬間、柳沼が顎先を震わせた。

「……は、」

掠れた声が、狭い地下室の空気を震わせて、やがて掻き消えた。

柳沼がゆっくりと、顔を上げる。

乾いた白い肌に、目だけが爛々《らんらん》と光って見えた。

「モトイは、……僕のものだ」

「そうだな」

ようやく顔を上げた柳沼に、茅島は双眸を細めた。

モトイを預かると決めたはいいものの、モトイがそれを受け入れるとも思えない。

「モトイは、僕の言うことしか聞かない」

「知ってるよ」

柳沼の唇は血の気がなく、乾いていた。さっきまで呼吸をしているかどうかも判然としなかったのに、今は荒い息を往復させている。

椅子を立ち上がって茅島に体当たりをしてくるのではないかと思うほど、柳沼は急に闘志を露にした。茅島に付き従った組員も、いつでも前に飛び出せるように身構えたのがわかった。

「だから、モトイは俺の手元に置くことにした。お前は薬が抜けるまで入院できるように手配した。……能城とも離れた方が良いだろう」

柳沼が、顔を引き攣らせた。

そんな風に感情を剝き出しにする柳沼の姿を、茅島は初めて見た。

安心するのと同時に、寂しい気もあった。今まで柳沼は茅島に、本心を明かしたこともなかったのだと思うと。

柳沼が頼るなら、能城に傷をつけることくらいは出来たかもしれないのに。

「入院？　ふざけるな！」

柳沼の割れた声が響いた。その声も、厚い扉の向こうには聞こえずに消えていく。柳沼がどれだけ力いっぱい、喉が嗄れるまで叫んでも。

「僕が失敗したと思ってるんだろう！　これは僕の失敗じゃない、モトイが下手をうったせいだ！」

体を捩るようにして声を振り絞った柳沼が、椅子を立ち上がった。

茅島の隣に控えた組員が、前に出ようとするのを押し止める。柳沼は覚束ない足取りで茅島に向かってくると、翳み付くような表情で声を張り上げた。

「お前さえ死ねば、お前さえ死ねば――……！」

「お前は幸せになれたか？」

茅島の元に辿り着いた柳沼の細い肩を、茅島は掌で抑えた。

突進してきたような重みもない。紙のような勢いだった。

「お前みたいな賢《さか》しい男が、能城の言いなりになるとは思えない」

摑んだ柳沼の肩は、骨に皮が貼りついているだけのような状態だった。その骨も、ずっと小刻みに震えている。茅島に対する怒りのせいではない。おそらく、禁断症状だ。

「薬のためか？」

尋ねても、荒い息遣いしか返ってこない。

深く俯いた柳沼から、薬物中毒者特有の体臭がのぼってくる。

どうしてもっと早く気付いてやれなかったのかと自分を責める気持ちこそあれ、とてもこの哀れな男を殺そうとは思えない。

「モトイが言ってたよ。お前が能城の言いなりになって苦しんでたってな。……どうして俺に相談しなかった」

摑んだ肩を、微かに揺する。

力ない体から短く笑い声が漏れた。

「――は、は……お前に出会ったのもあの男の差し金だ。お前を殺すために僕はやくざになんてなったんだ。そうでもなければ、僕は、やくざなんかに――」

まるで首の座らない人形のように首を前後に揺らした柳沼の笑い声が泣いているようだ。

「そうか」

短く、茅島は答えた。

それしか言えなかった。

柳沼はもはややくざ者なんて信用できなかったんだろう。能城も茅島も同じに見えていたのかも知れない。それでも能城に従わなければならなかったのだとしたら、もうずっと長い間、地獄にいたようなものだ。

「近い内に見舞いに行くよ。病院を抜け出さないでくれよ、頼むから」

茅島は隣の組員に柳沼の体を預けると、鉛のように重くなった足を引きずるように踵を返した。

「僕を憐《あわ》れんでいるつもりか……！」

柳沼の悲痛な声が追ってくる。

その声もひどく掠れて、事務所でよく冗談を言い合った男のものと同じようには思えなかった。

それでも、茅島の右腕は柳沼だけだ。

茅島は背を向けたまま小さく首を振って、地下室を後にした。


「茅島さん」

まるで牢獄《ろうごく》のように底冷えのする地下室から一階のバーに上がると、椎葉の安堵したような声に迎えられた。

さっき追い返した時は茅島をも断罪するかのように感じられた椎葉が、今は無事に帰ってきた恋人の姿に喜んでいるように見える。

いや、実際その通りなのかもしれない。

つくづく、この人の前で胸が張れる男でなくてはならないと身が引き締まる思いだ。

茅島は心配していた素振りを隠そうともしない椎葉がスツールから腰を浮かそうとするのを制して、その隣に身を滑り込ませた。

根本が何も言わず、茅島のボトルを出してくれる。

椎葉の手元にはコリンズグラスに注がれたカクテルがあった。茅島が教えた酒だ。

思えば、出会った時はまるでまっさらな降り積もったばかりの雪のように純白だったこの人をずいぶんと自分の色に染めてしまったように思う。

自分のものにしてしまいたいという気持ちと、とても自分の傍に置いてはいけない人だという思いが交錯して、彼を振り回したようにも思う。

そんなことを今更懺悔すれば、自分は振り回されてなどいませんと彼は膨れ面を見せるだろう。

茅島には人を見る目がないのだ。

椎葉がどう思ってくれているかよりも自分の気持ちに囚《とら》われてしまうし、柳沼のことだって何も知らずに自分の信頼だけを押し付けてしまった。

柳沼が苦しんでいたとしたら、おそらく茅島のせいだ。

球状の氷をひとつ放り込んだだけのブランデーグラスを傾けながら茅島が押し黙ったままでいると、

椎葉も何も言おうとはしなかった。

店の喧騒と、ただ隣に座っているだけの愛しい人の静けさが心地良い。

「！」

不意にカウンター下の手に暖かなものが触れて茅島は顎先を震わせた。

隣を窺うと、椎葉が緊張した面持ちで俯いている。その目尻が赤く色付いているのはカクテルのせいだけではないだろう。

困った時に眼鏡を押し上げる癖のある彼が、逆の手で眼鏡の位置を直す。

もう一方は、茅島の手の上だ。

躊躇いがちに触れた掌はしっとりと汗ばんでいて、指先が微かに震えているようでもある。

茅島は黙って寄り添ってくれている恋人の横顔から視線を伏せて、そこから伝わる鼓動に耳を澄ませた。

いつもよりも早く打っているようだ。とはいえ茅島が触れる時、椎葉の心音はいつもこのリズムを刻んでいる。

肌に指を滑らせるようにして抱きしめると早くなり、唇を舐り、体の奥を穿つとますます鼓動は強くなる。浅く息を弾ませ、許しを請うように喘ぐ彼の律動はもはや茅島の体中に記憶されている。この人を失くしては生きていけないほどに。

椎葉の平常時の鼓動を感じることができるのは、彼が気をやって茅島の腕の中で眠っている時くらいのものだ。

「譲さん」

茅島が口を開くと、ピクリと椎葉の指先が震えた。

その手が逃げてしまわないように膝の上の手を翻して掌を合わせ、五指を絡めとる。

「今夜はあなたに弱い自分を見せてしまいそうです」

一度彼の目前で死にかけた身だ。

今更こんな見栄を張っても仕方のないことだとは思いつつ、茅島は握った手に力を込めた。

「……それでも一緒に過ごしてくださいますか」

まるで祈るかのように声を絞り出すと、背後のダーツマシンの前で若い男女が一際大きな歓声を上げた。

もしかしたら茅島の声は椎葉には届かなかったかもしれない。そう思って伏せた瞼を上げると、椎葉の澄んだ目がこちらを見つめていた。

初めて会った時から変わらない、迷いのない純潔な目だ。

「たとえ帰れと言われても、今夜あなたと離れることなんてできません」

まるで、茅島の体を貫く弾丸のような人だ。

肩に包帯を巻いたまま こんなことを言ったら不謹慎だと言われてしまうだろうが、銃撃されても自分の生命の危険より椎葉のことを考えていられたのは、既にこの人に胸を撃たれていたからだ。

本人は茅島を仕留めた自覚さえないのだから、手に負えない。

茅島は降参するように首を折って小さく笑うと、他の客や根本に隠れるように握られたカウンターの下の手を持ち上げてその甲に唇を寄せた。

「今夜だけではなく、一生離れられないようにしてやりますよ」

言葉をなくして身を強張らせた椎葉の表情を窺い見る。

誓いをたてるかのように茅島が手の甲に短く吸い付くと、やがて椎葉は紅潮した顔を綻ばせて笑った。

あとがき

こんにちは。または初めまして、中嶋《なかじま》ジロウと申します。このたびは拙作「犬とロマンス」をお手にとっていただき、誠にありがとうございます。

本作は二〇〇八年一月三日に個人サイトで書いた短編がもとで、その後五年くらい書き続けたシリーズのうちの一編です。

もともとサイト上で短編の連作だったものを長編の同人誌としてまとめていたのですが、今回その同人誌の二冊をさらに一作にまとめました。いつも使わない方面に頭をたくさん使って、大変勉強になりました……。

サイトでたくさんの方に読んでいただいていたものを、その後同人誌という形で紙媒体にし、さらにこうして単行本になってはるかに多くの方の目に止めていただく機会に恵まれたというのは、本当に幸せなことだと思います。感無量です。

既に拙作に触れたことがあるという方も、今回のリメイクでまた新たな発見をしていただけたらと願ってやみません。

特に茅島《かやしま》の刺青に関して、今まで文中では明記していなかったのですがこのたび麻生海《あそうかい》先生に挿絵を描いていただくにあたり、図案が詳らかになりました……！

あとがき

「唐獅子牡丹」です。
守護者の意味がある唐獅子ですが、その百獣の王の唯一恐れるものが自分の体毛の中で増殖して、いつしか皮膚を突き破って肉を食らう害虫。この害虫は牡丹から滴る露で払えるということで、牡丹の下では唐獅子の心が休まる……のだそうです。
唐獅子と牡丹の関係が茅島と椎葉《しいは》を暗示しているかのようで、これにしました。

本作が日の目を見るにあたり、いつも優しい言葉で励ましてくださいました担当O様、美麗なイラストを付けてくださいました麻生海先生、そして本作の商業化を我が事のように喜んでくれた友人各位、応援してくださいました皆様に感謝の気持ちでいっぱいです。
それから、私が椎葉を書くきっかけとなった、「白地に青い水玉模様の缶の乳酸菌飲料」を飲んでいた黒スーツに眼鏡の男性。遠目で見かけただけの知らない人ですが、本作を彼に進呈したいです……(笑)。

ぜひまた近いうちに皆様にお目にかかれるように精進してまいりますので、今後とも何卒よろしくお願いいたします。本作が少しでも皆様の束の間の娯楽となり得ますように！

中嶋ジロウ

http://www.eroberung.net/

初　出

犬とロマンス	同人誌発表作品「犬とロマンス」（2008年10月）、「狂犬は吼えない」（2009年3月）を大幅加筆修正

LYNX ROMANCE

小説原稿募集

リンクスロマンスではオリジナル作品の原稿を随時募集いたします。

募集作品

リンクスロマンスの読者を対象にした商業誌未発表のオリジナル作品。
（商業誌未発表のオリジナル作品であれば、同人誌・サイト発表作も受付可）

募集要項

＜応募資格＞

年齢・性別・プロ・アマ問いません。

＜原稿枚数＞

４５文字×１７行（１枚）の縦書き原稿、２００枚以上２４０枚以内。
※印刷形式は自由。ただしＡ４用紙を使用のこと。
※手書き、感熱紙不可。
※原稿には必ずノンブル（通し番号）を入れてください。

＜応募上の注意＞

◆原稿の１枚目には、作品のタイトル、ペンネーム、住所、氏名、年齢、電話番号、メールアドレス、投稿（掲載）歴を添付してください。
◆２枚目には、作品のあらすじ（４００字～８００字程度）を添付してください。
◆未完の作品（続きものなど）、他誌との二重投稿作品は受付不可です。
◆原稿は返却いたしませんので、必要な方はコピー等の控えをお取りください。
◆１作品につき、ひとつの封筒でご応募ください。

＜採用のお知らせ＞

◆採用の場合のみ、原稿到着後６カ月以内に編集部よりご連絡いたします。
◆優れた作品は、リンクスロマンスより発行させていただきます。
原稿料は、当社既定の印税でのお支払いになります。
◆選考に関するお電話やメールでのお問い合わせはご遠慮ください。

宛先

〒151-0051
東京都渋谷区千駄ヶ谷４−９−７
株式会社　幻冬舎コミックス
「リンクスロマンス　小説原稿募集」係

この本を読んでの
ご意見・ご感想を
お寄せ下さい。

〒151-0051
東京都渋谷区千駄ヶ谷4-9-7
(株)幻冬舎コミックス　リンクス編集部
「中嶋《なかじま》ジロウ先生」係／「麻生《あそう》 海《かい》先生」係

リンクス ロマンス

犬とロマンス

2015年5月31日　第1刷発行

著者……………中嶋《なかじま》ジロウ
発行人…………伊藤嘉彦
発行元…………株式会社　幻冬舎コミックス
〒151-0051　東京都渋谷区千駄ヶ谷4-9-7
TEL 03-5411-6431（編集）
発売元…………株式会社　幻冬舎
〒151-0051　東京都渋谷区千駄ヶ谷4-9-7
TEL 03-5411-6222（営業）
振替00120-8-767643
印刷・製本所…株式会社　光邦
検印廃止

ISBN978-4-344-83426-2 C0293
Printed in Japan

幻冬舎コミックスホームページ　http://www.gentosha-comics.net